I.Q. Odenthal

Frühlingstriebe

I.Q. Odenthal

Frühlingstriebe

Erotische Erzählungen

Bibliografische Information der Deutschen Nationalbibliothek: Die Deutsche Nationalbibliothek verzeichnet diese Publikation in der Deutschen Nationalbibliografie; detaillierte bibliografische Daten sind im Internet über dnb.d-nb.de abrufbar.

Verlag:
BoD · Books on Demand GmbH, Überseering 33, 22297 Hamburg, bod@bod.de
Druck:
Libri Plureos GmbH, Friedensallee 273, 22763 Hamburg

ISBN: 978-3-8192-4508-4

Inhalt:

Märzsonne

Eiskalt und die Sonne strahlt mit mir um die Wette! Den Tag nutzen, in aller Früh noch ein letztes Mal für diese Saison die Schier ins Auto auf den Rücksitz gelegt, sechzig Kilometer Bundesstraße und ab auf die Piste. So mitten in der Woche sind wenig Menschen auf der Piste, es macht riesig Spaß.

Ein Schwung zu viel, verkantet, Sturz, ein Knacksen und ein stechender Schmerz. Ich wusste, das war es. Das Bein ist ab.

Jetzt liege ich hier alleine im Einzelzimmer der Klinik mit geschientem Bein und warte auf den OP-Termin.

„Zuerst muss die Schwellung nachlassen, dann können wir nageln!" Der junge Arzt zieht bedauernd die Achseln hoch. „Sie müssen sich ein wenig in Geduld üben, gute Frau, mit etwas Glück können wir am Freitag den Eingriff wagen. Bis dahin seien Sie schön brav und gönnen Ihrem Beinchen viel Ruhe!"

Das hat sich mal wieder gelohnt. Statt Schulunterricht im Bett liegen und faulenzen. Wenigstens hätte ich Zeit, den auf Halde liegenden Stapel Arbeiten zu korrigieren. Das müsste nun nicht bis zum Wochenende warten. Wenn Ciara, meine Tochter sie nicht vergisst mitzubringen, wenn sie sich heute Abend um mein Auto kümmert.

Es klopft. Sr. Misaki kommt ins Zimmer.

Sr. Misaki, eine sehr hübsche Asiatin, ist wohl die für mich zuständige Schwester auf dieser Station. Vorhin hat sie mir bereits den Blutdruck gemessen, Blut abgenommen und mir auch die Kanüle für das Schmerzmittel gesetzt. Eine wirklich total süße Person.

„Haben Sie Schmerzen?" Sie geht zum Infusionsständer und wechselt den Paracetamol-Beutel aus.

Dann tritt sie an mein Bett, greift nach meinem Arm und sieht nach dem Pflaster über der Kanüle.

„Ist alles gut bei Ihnen?" Ein bezauberndes Lächeln strahlt mich an.

„Ich kann nicht klagen. Ein bisschen schummrig ist mir schon, aber Schmerzen habe ich keine."

„Läuten Sie einfach, wenn Sie mich brauchen. Ich bin bis zwanzig Uhr im Dienst und dann ist auch jemand zur Nachtwache auf der Station. Aber ich sehe auf jeden Fall noch einmal nach Ihnen, bevor ich Feierabend mache."

„Das ist lieb von Ihnen, Vielen Dank!"

Bevor sie das Zimmer verlässt, dreht sie sich noch einmal um und lächelt mir zu.

Es ist kurz nach sieben, als Ciara mit meiner Reisetasche kommt.

„Was machst du denn für Sachen, Mama!" Sie stellt die Tasche ab, beugt sich über mich und küsst mich auf die Wange.

„Uhu, du bist aber kalt!"

„Ich komme auch von draußen! Und es ist ja noch einmal richtig frisch geworden heute!"

„Deshalb wollte ich ja noch ein letztes Mal auf die Piste. Und dann so ein Schlamassel!"

Die Details brauche ich ihr kein zweites Mal erzählen, das habe ich bereits am Telefon ausführlich getan.

„Hast du die Arbeiten mitgebracht?"

„Klar Mama, in der Tasche! Da sind auch dein Waschzeug, dein Schlafzeug und frische Wäsche drin. Und zwei Bücher habe ich auch mit eingepackt, du willst dich literarisch ja wohl nicht die ganze Zeit nur auf dem Niveau von deinen sechzehnjährigen Schulrabauken bewegen, oder?" Sie lacht.

„Oh, danke für deine Fürsorge! Da liegst du nicht ganz falsch. Welche Bücher hast du mir denn reingepackt?"

„Schau mal, ‚Eine Frage der Chemie' und Elif Shafaks ‚Flüstern der Feigenbäume', der lag ganz unten in deinem Stapel! Du hast ihn immer noch nicht gelesen! Du kriegst kein neues Buch, wenn du das nicht endlich liest!"

Ich muss Grinsen. Ciara hat mir das Buch vor Jahren zu Geburtstag geschenkt und ich weiß nicht, wie oft ich ihr schon versprochen habe, es zu lesen. Aber immer wieder hat sich eine andere Lektüre dazwischengedrängt.

„Wie bist du hergekommen?"

„Nora hat mich mitgenommen. Sie musste heute Abend nach Lindau und hat den kleinen Schlenker für mich gemacht. Total lieb von ihr."

„Hast du ihr ein bisschen Benzingeld gegeben?"

Ciara schüttelt den Kopf. „Sie wollte nichts und hat gesagt, sie wäre mir böse, wenn ich ihr für den kleinen Freundschaftsdienst etwas aufdrängen würde."

„Dann lass ich mir etwas einfallen, wenn ich hier raus bin! Gibst du mir den Schlafanzug aus der Tasche, bitte. Der ist kuschliger, wie dieses Krankenhaushemdchen da."

Ciara bückt sich und kramt mein rotes Schlafshirt aus der Tasche. Ich läute unterdessen nach der Schwester, die den Schlauch von der Kanüle abklemmen muss, damit ich die Oberteile wechseln kann.

„Gut, dass du das lange geknöpfte Teil eingepackt hast. An Schlafanzughose ist bei diesem Bein nicht zu denken!"

Ciara grinst. „Ganz doof bin ich auch nicht!" Sie packt die anderen Sachen auch aus der Tasche und befüllt den Schrank und meinen Nachttisch damit.

Es klopft und Sr. Misaki kommt ins Zimmer. Mit einem strahlenden Lächeln kommt sie zum Bett.

„Was kann ich für Sie tun, Frau Weller?"

„Ich würde gerne mein eigenes Nachtzeug anziehen. Würden Sie mich bitte von der Infusion mal kurz abklemmen, damit ich in den Ärmel schlupfen kann?"

„Ja klar, einen Moment, bitte!" Sr. Misaki geht zum Versorgungsschrank, um Tupfer zu holen und sich Handschuhe anzuziehen. Während sie den Schlauch von der Kanüle abklemmt, knöpfe ich das Krankenhaushemd auf und schlüpfe aus dem rechten Ärmel. Sr. Misaki hilft mir den linken Ärmel über die Kanüle zu schieben. Da ich weder meinen BH noch ein Unterhemd darunter trage, sitze ich für einige Momente oben ohne vor den beiden jungen Frauen, die von beiden Seiten mein Bett flankieren. Sr. Misaki sieht Ciara an, die mein Nachthemd in der Hand hält. Ciara reagiert aber nicht. Sie sieht etwas fasziniert auf meine nackten Brüste, die -der Zimmertemperatur geschuldet- an meinen Nippeln natürlich eine Reaktion zeigen. Es ist wohl die asiatische Höflichkeit, die Sr. Misaki geduldig lächelnd warten lässt. Sie sieht erst Ciara an, dann mich und macht eine verständnisvolle Mimik dazu.

„Ciara! Reichst du der Schwester bitte den linken Ärmel rüber!"

Ciara schreckt fast hoch, löst ihren Blick von meinem Busen. Mit einem nervösen Flackern in den Augen huscht ihr Blick zu meinen Augen, dann zu Sr. Misaki, die immer noch lächelnd das Hemd entgegennimmt und mir den Ärmel über die Kanüle schiebt. Ciara hilft mir beim weiteren Anziehen, da Sr. Misaki das Schmerzmittel wieder an die Kanüle anlegt. Ciaras

Gesicht ist sichtlich gerötet, als sie mir das Hemd über die Brüste zieht und es zuknöpft.

„Ich sehe nachher noch nach Ihnen, Frau Weller" Sr. Misaki greift nach den Tupfern, zieht ihre Handschuhe aus und entsorgt alles im Abfalleimer im Bad. Sie dreht sich noch einmal lächeln um, bevor sie aus der Türe verschwindet.

Die Situation zwischen Ciara und mir ist einen Moment lang etwas betreten. Ich versuche, ihre kleine Peinlichkeit beim Umziehen zu ignorieren. Und lenke ab.

„Hast du in den nächsten Tagen Zeit, mich noch einmal zu besuchen?"

„Klar komme ich dich besuchen. Mal sehen, wie ich mir das mit der Arbeit einrichten kann. Aber jetzt fahre ich. Ich muss morgen wieder raus und brauche ja doch noch fast eine Stunde heim."

Sie zieht ihre Jacke wieder an, setzt ihre Wollmütze auf, umarmt mich herzlich und küsst mich.

„Ich komm dich morgen Abend wieder besuchen! Halt die Ohren steif!" Dann ist sie schon draußen.

Ich bin alleine. Das Korrigieren werde ich heute sicherlich nicht mehr beginnen. Der Versuch mich in die ersten Seiten von Elif Shafak zu vertiefen scheitert an meinen wilden Gedanken. Das eher irritierende Verhalten von Ciara und ihre allzu neugieriger Blick auf meine nackte Brüste lösen wilde Erinnerungen in mir aus.

Ciara ist bald 25 Jahre alt. Sie ist hübsch, ich möchte fast sagen sehr attraktiv und hat mir bis zum heutigen Tag nicht einen festeren Freund vorgestellt. Es wundert mich auch nicht, denn ich denke, nein ich weiß, Ciara macht sich nichts aus Männern. Ja, Ciara ist lesbisch, auch wenn sie es bis heute nicht an die große Glocke hängt und auch ihrer Mutter gegenüber nicht so richtig damit rausrückt. Aber natürlich weiß ich es längst und das nicht nur, weil sie sich gerade eben an meinen Brüsten festgeguckt hat. Schon manches Mal dachte ich, zieh dir etwas über und laufe nicht so nackt in der Wohnung rum, das irritiert deine Tochter. Andererseits steht Ciara regelmäßig im Bad, wenn ich dusche oder in der Badewanne liege. Gerade dann sitzt sie oft auf dem Toilettendeckel und erzählt mir Elementares aus ihrem Leben. Und natürlich merke ich ihre Blicke zu meinen Brüsten oder ihr Interesse, wenn ich mich zwischen den Beinen rasiere. Auch die Herzlichkeit ihrer Umarmungen lassen oft nur den einen Schluss zu.

Dass ich mit meiner Schlussfolgerung nicht ganz so falsch liege, mache ich auch an einer Beobachtung fest, die mich im ersten Moment zwar geschockt hat, aber nach ein bisschen Nachdenken habe ich mich gescholten, total vorsintflutlichen Moralvorstellungen aufgesessen zu sein.

Vor zwei oder drei Jahren war ich, als ich im Frühjahr für den Garten Pflanzen geholt hatte, heimgekommen, bin nicht erst ins Haus, sondern habe die kleinen Kisten mit den Setzlingen vom Auto gleich hinter in den Garten getragen. Als ich die Kistchen am Hochbeet abgestellt hatte, hörte ich vom Haus her sehr eindeutig erregte Töne. Ciaras Fenster stand offen und als ich mich leise näherte, sah ich, dass Ciara vor dem Bildschirm ihres PCs saß und sich einen Porno ansah. Auf dem Bild waren aber nur Frauen zu sehen, die sich gegenseitig erregten. Das tat Ciara wohl auch, denn sie war so vertieft, dass sie mich nicht bemerkte. Und ihre Hand war unverkennbar zwischen ihren Beinen tätig.

Seitdem ist mir eigentlich klar, wieso Ciara nur mit ihren Freundinnen rumhängt und kein Interesse am männlichen Geschlecht findet.

Und eigentlich ist es auch kein Wunder, denn sowohl meine kurze Ehe mit Ciaras Vater, als auch meine nicht wenigen Affären mit Männern endeten immer in einem Desaster. Woher sollte Ciara auch nur das kleinste positive Körnchen für eine Beziehung zu einem Mann bekommen haben. Von mir jedenfalls nicht.

„Könnten Sie mir bitte behilflich sein, ich möchte gerne vor der OP heute Mittag duschen!"

Sr. Misaki sieht mich lächelnd an. „Natürlich, Frau Weller, wenn Sie noch eine halbe Stunde warten, dann bin ich mit allen Patienten durch und habe Zeit für Sie. Ist das okay?"

„Klar, natürlich. Ich bin ja nicht die einzige auf der Station!"

Sr. Misaki lächelt. „Bis gleich. Frühstücken Sie inzwischen. Dann bin ich bei Ihnen."

Und wieder dreht sie sich lächelnd um, bevor sie das Zimmer verlässt.

Sr. Misaki hilft mir von meinem Bett auf einen fahrbaren Stuhl mit Rollen, der auch eine Vorrichtung hat, damit ich mein verletztes Bein gerade darauf ausstrecken kann. Sie schiebt mich ins Badezimmer und sieht mir dabei zu, wie ich mein Nachthemd aufknöpfe.

„ Warten Sie, ich helfe Ihnen!" Als ich aus einem Ärmel geschlüpft bin, nimmt sie das Nachthemd schiebt es über meinen Rücken und hilft mir mich etwas von der Sitzfläche zu erheben, um das Hemd unter meinem Po hervorzuziehen. Ich schlüpfe aus dem anderen Ärmel. Sr. Misaki hängt das Nachthemd an den Wandhaken. Schon hat sie sich umgedreht und hilft mir, meinen Slip über die beiden ausgestreckten Beine zu ziehen. Als sie den Slip in den Händen hält und ich splitternackt nur mit ärztlich versorgten linken Bein vor ihr sitze, sieht sie mir direkt in die Augen. Ich bin etwas verunsichert.

„Wenn Sie wollen, helfe ich Ihnen beim Duschen, aber wenn ich gehen soll...!"

„Nein, um Gottes Willen, nein, bleiben Sie. Ich komme allein ja gar nicht richtig klar."

„Soll ich Sie waschen?" Mir scheint, als funkelten die Augen von Sr. Misaki, als sie mir die Frage stellt.

„Gerne, das wäre sehr hilfreich. Haben Sie denn Zeit dafür?"

„Ja, ja, im Moment sind wir zu dritt auf der Station, da können wir uns die Zeit schon einrichten. Aber es dauert ja nicht so lange, oder?" Sie lacht kurz auf.

„Ich denke nicht!"

Sr. Misaki schiebt mich in die Duschkabine, schlüpft dann aus ihrem dunkelroten Schwesternkittel und greift -oben nur mit einem sehr knappen BH bekleidet hinter dem sich ihre kleinen steifen Nippel auch farblich nicht vor meinem Blick verstecken können- nach der Dusche und prüft mit der Hand die Temperatur des Wassers. An meinem Unterarm lässt sie mich testen, ob sie die richtige Entscheidung getroffen hat.

„Ist das okay so für Sie?"

„Ja, das ist okay so."

„Haare auch nass machen?"

„Oh ja, bitte!"

Dann lässt sie das Wasser wohlig über meinen Rücken laufen, drückt mit ihrer Hand meinen Kopf sacht in den Nacken, führt den Duschkopf an meine Stirn und lässt die warme Flut über die Haare und weiter über meinen Körper laufen. Ein kurzer Schauer schlängelt sich durch meinen Körper und setzt sich darin fest, als ihre freie Hand sanft über meine Haare streicht.

„Halten Sie bitte mal die Dusche?"

Sie drückt mir den Griff der Dusche in die Hand und greift nach dem Shampoo.

Ihre massierenden Hände sind einfach nur eine Wohltat. Der Genuss erhöht sich, als ihre Finger meinen Kopf verlassen und sich über meinen Hals auf den Rücken zu bewegen. Mit sanften Kreisen widmet sie sich meinem Rücken und löst in mir ein unheimlich geiles Gefühl aus. Mein sehnlicher Wunsch, dass sie sich als nächstes meinen beiden Brüsten und auch meinem Schritt widmen könnte, war noch nicht zu Ende gedacht, als sie mich aus meinen Tagträumen weckt.

„Geben Sie mir bitte die Dusche wieder, dann können Sie sich vorne waschen!"

Als ich mich wieder gerade aufrichte und mich zu ihr nach hinten beuge, entfährt ihr ein wohl ungewolltes „Ups!"

Ich öffne meine Augen und muss mich über ihre erschreckte Äußerung nicht wundern. Meine Nippel recken sich senkrecht, steinhart und steif über meine beiden prallen Brüste ihr entgegen. Nahezu verklärt hängen Sr. Misakis Augen an meiner wohl nicht zu übersehenden Erregung.

„Entschuldigen Sie bitte!", sagt sie, als sie bemerkt, dass ich ihren Blick entdeckt habe.

„Sie brauchen sich nicht zu entschuldigen. Ich habe mich gehen lassen."

Dann lache ich.

„Aber es ist schon merkwürdig, dass innerhalb von wenigen Tagen gleich zwei junge Mädchen von meinen beiden Titten da so fasziniert sind!"

Auch sie lacht jetzt.

„Ich kann das verstehen, denn Sie haben auch wunderschöne Brüste!"

„Finden Sie?"

„Ja, finde ich! Zum Reinbeißen!" Sie zwinkert mir zu und reicht mir das Duschgel, während sie sorgsam meinen Körper mit warmen Wasser überspült. Durch ihren BH erkenne ich, auch ihr gelingt es nicht ihre Erregung vor mir zu verheimlichen. Neugierig und vorwitzig drücken sich ihre kleinen braunen Erbsen gegen den transparenten BH-Stoff und erheben sich wie kleine Antennen über ihre süßen kleinen Busenbällchen. Ich bemühe mich bei meinem Abseifen, ihr keinen weiteren Anlass für weitere Lüsternheit zu geben. Obwohl es mir schwerfällt und ich im Moment zu jeder Schandtat bereit wäre, die sich mit meiner Sehnsucht zwischen meinen Beinen beschäftigen würde.

Sie zieht wieder ihren Schwesternkittel über, bevor wir das Badezimmer verlassen.

Als ich mich wieder auf die Bettkante setzen will, flüstert sie fast.

„Sie sind wirklich eine sehr attraktive Frau!"

Ich spüre ihre Hand an meinen Lenden und an meinem Po. Dann steht sie schon an der Türe, lächelt mir zu und ist aus dem Zimmer.

Was bleibt mir übrig, als in meiner misslichen Lage meiner eigenen Hand unter der Bettdecke die Erlaubnis zu erteilen, sich meiner Lust zu bedienen. Und ich tue es mit himmlischen Vergnügen. Und zu meiner Überraschung kommt es mir auch, wenn ich nicht an einen aufgerichteten Lustspeer einer meiner Lover denke. Heute erlöse ich mich mit den Phantasien um die kleinen festen Titten von Sr. Misaki und deren vorwitzigen harten Nippel, die sich nur allzu neugierig unter ihrem dünnen BH-Stoff zu Wort gemeldet haben. Und es ist ein wunderbares Gefühl, mir sehr lange Zeit für die Bilder nehmen zu können, die meinem Finger an meiner kleinen Perle den Takt ansagen. Auch an den nächsten Tagen habe ich mich einige Male dieser wunderbaren körperlichen Befriedigung hingegeben. Natürlich habe ich stets darauf geachtet, nicht vom Personal oder gegen Abend von meiner Tochter dabei überrascht zu werden.

Sr. Misaki blieb all die Tage sehr nett zu mir. Und eigentlich habe ich es bedauert, dass es zu keiner ähnlichen Situation mehr gekommen ist, wie beim Duschen vor der OP. Ihre Hände auf meinem Arm beim Blutdruckmessen, mal ein kurzes Streicheln über meine Schulter oder die Hilfe, mein Bein aus dem Bett zu hieven, blieben die einzigen körperlichen Berührungen von ihrer Seite. Ich hätte viel für ein bisschen mehr gegeben. Aber dann hatte sie frei und Sr. Ulrike war nun für mich zuständig.

So plötzlich, wie ich in dieser Klinik gelandet bin, so plötzlich kam auch nach acht Tagen das Ende meines Aufenthaltes. Nach einer Visite am Morgen meinte der junge Oberarzt, ich könne nach Hause gehen. Die Nachsorge meiner OP kann ambulant in meiner Hausarztpraxis erledigt werden. Eine Stunde später hatte ich die Papiere an meinem Bett und die

Versicherung, dass die Taxifahrt nachhause von der Kasse bezahlt werden würde.

Sr. Misaki nicht mehr zu treffen, macht mich schon etwas traurig. Ich hätte mich gerne von ihr verabschiedet.

Der Taxifahrer hilft mir aus dem Wagen, trägt sogar meine Tasche bis vor die Haustüre und stellt sie dort ab. Nachdem ich ihn noch mit einem kleinen Trinkgeld bedacht habe, humple ich auf Krücken gestützt zu meiner Tasche.

Als ich die Haustüre öffne, schallt mir Musik entgegen. Im Bad läuft offensichtlich die Dusche und das rauschende Wasser wird von merkwürdig glucksenden und stöhnenden Lauten untermalt. Die Badtüre steht offen und ich sehe meine Tochter unter der Dusche stehen. Sie lehnt mit geschlossenen Augen an der Wand, lässt warmes Wasser vom Busen abwärts ihren Körper fluten und scheint ihrem Gesang nach gerade nahe einem ekstatischen Höhepunkt zu sein. Vor ihr kniet in der Duschwanne ein Mädchen. Meine Neugier erlaubt mir einen kurzen Blick auf einen makellos schönen Rücken, ein herrlich runden knackigen Po und zwei schöne feste Oberschenkel. Ciara drückt mit beiden Händen den Kopf des Mädchens mit triefenden schwarzen Haar gegen ihre Lenden. So gerne ich dem mich erregenden Schauspiel länger beigewohnt hätte, so wenig möchte ich entdeckt werden, meiner Tochter bei ihren intimsten Freuden nachspioniert zu haben. So versuche ich, so leise wie möglich mit meinen Krücken das Wohnzimmer zu erreichen. Auch dort ist die Intimität der beiden nicht zu übersehen. Auf dem Teppich und der Couch sind die wohl störenden Kleidungsstücke der beiden achtlos verteilt. Eine Jeans, ein Rock, ein Sweatshirt, Hemdchen, Socken und als krönender Abschluss, zwei BHs und zwei fast stofflose Slips. Einen Moment überlege ich, mich komplett aus dem erotischen Refugium meiner Tochter zu entfernen. Dann setze ich mich doch mit meinem lädierten Bein etwas schwerfällig in einen Sessel. Verheimlichen kann ich es ja ohnehin nicht, in die Intimitäten der beiden eingedrungen zu sein. Soll ich mich tadeln dafür, dass mir diese Situation nicht peinlich ist? Soll ich mich schämen dafür, dass mir der kurze Blick ins Badezimmer Erregung durch meinen Körper gejagt hat, meine Brustwarzen zu kleinen Kieselsteinen verwandelt und zwischen meinen Beinen eine Lustquelle zum Sprudeln gebracht hat. Vielleicht gelingt es mir, meine Geilheit zu verstecken, die Freude aber, meine Tochter in einer erotischen Beziehung anzutreffen, lass ich in mir ungehindert blühen und weigere mich sie zu verdrängen. Mit geschlossenen Augen genieße ich die glucksenden und quirlenden Laute aus dem Badezimmer, die irgendwann sogar die etwas zu laute Musik von Tyler Swift übertönen.

Dann ganz unverhofft kommt Ciara nackt vergnügt und laut lachend ins Wohnzimmer gestürmt. Den Kopf noch nach hinten gedreht, bemerkt sie mich erst, als sie bereits direkt vor der Couch steht. Sie reißt die Augen auf, bückt sich, greift nach einem BH und versucht damit Brust und Scham zu bedecken.

„Mama?!", entfährt es ihr.

Dann ist auch ihre Freundin schon in der Türe. Das wundervolle Lachen erstarrt nur für einen Bruchteil von einer Sekunde, um dann in derselben Weise wieder zu strahlen.

„Frau Weller? Sie hier? Sie wurden heute schon entlassen?"

Sr. Misaki bleibt splitternackt vor mir stehen. Unter nassen und verstrubelten Haaren lacht mich das bezaubernde Gesicht der hübschen Japanerin an. Sie macht keine Anstalten, ihre Nacktheit vor mir zu verbergen. Scheinbar hält sie unser gemeinsames Baderlebnis als kleine Trumpfkarte in der Hand. Ja fast stolz scheint sie mir nun ihre kleinen süßen Brüste zu präsentieren, auf denen sich die beiden harten Nippel diesmal ohne transparenten Vorhang wie Schokoladelinsen auf kleinen hellbraunen Untersetzern räkeln. Sie hat einen flachen Bauch. Ihr ganzer Körper ist wie mit einer bezaubernd getönter Hautfarbe getränkt. Und genau in meine Augenhöhe schiebt sich ein sorgfältig gepflegter hauchdünner schwarzer Haarstreifen, der fast wie ein Pfeil an der oberen Kante ihrer süßen Spalte endet, als wolle er den direkten Weg zu ihrer Lotusblume weisen. Während Ciara von ihrem Schock, mich hier anzutreffen, scheinbar noch nicht erholt ist und eher etwas verklemmt auf dem anderen Sessel Platz genommen hat, setzt Sr. Misaki sich wie selbstverständlich in ihrer fast einladenden Nacktheit neben mich auf das Sofa.

„Eigentlich dachte ich, ich würde ab morgen wieder für Sie zu sorgen haben!" Ihr Lächeln ist einfach so überwältigend, dass ich mich ihrem Anblick nicht entziehen kann.

„Mich hat es auch überrascht, dass ich so Knall auf Fall nachhause geschickt worden bin. Und eigentlich dachte ich, Ciara arbeitet, deshalb habe ich das Angebot mit dem Taxi zu fahren angenommen. Ich konnte ja nicht wissen, was mich hier erwartet?"

„Mama, ich…!"

Sr. Misaki hebt die Hand und unterbricht meine eher stotternde Tochter.

„Sie sind doch hoffentlich nicht allzu sehr geschockt, oder?"

„ Sie nehmen mir meine Überraschung sicherlich nicht übel, Sr. Misaki. Und ich gebe gerne zu, dass ich die Klinik schon mit einem gemischten Gefühl verlassen habe, da ich mich von Ihnen nicht verabschieden konnte. Wie konnte ich ahnen, dass ich Sie hier antreffe."

„Mama, ich kann dir alles erklären. Es tut mir leid, dass du es so erfahren hast. Ich hätte es dir schon gesagt, aber es sollte halt nicht im Krankenhaus sein."

„Ja, kennt ihr euch denn schon länger?"

Die beiden sehen sich an, dann fangen sie an zu lachen. Ciara schüttelt den Kopf und scheint sich nun auch zu entspannen.

„Nein, Frau Weller, wir kennen uns wirklich erst seit acht Tagen."

„Misaki und ich haben uns wirklich erst an deinem Bett kennengelernt. Aber es hat halt gleich richtig eingeschlagen. Ich bin auch nicht sofort nachhause gefahren damals. Wir sind noch am gleichen Abend zusammen weggegangen." Die beiden sehen sich kurz in die Augen.

„Und ich habe Ihre Tochter noch am selben Abend das erste Mal geküsst!" Sr. Misaki schickt Ciara einen Luftkuss über den Couchtisch, dabei dreht sie sich etwas von mir weg und öffnet dabei leicht ihre Beine. Ungewollt gewährt sie mir damit einen unverstellten Blick auf ihre entfaltete Lotusblüte, die sich -den vorangegangenen Liebkosungen geschuldet- mit einem zart glänzenden Rosa schmückt. Dankbar nehme ich das Bild in mir auf und bin mir nicht sicher, ob die beiden jungen Frauen heute nicht mich bei einem faszinierenden Blick auf Sr. Misakis Schatzkammer erwischt haben.

Als wir ein paar Minuten später zusammen Kaffeetrinken, hat Ciara sich ihren Slip übergezogen. Misaki, die mich gebeten hat, die Bezeichnung Schwester doch wegzulassen, hat sich im Bad zwar die Haare gekämmt, doch an ihrer Nacktheit hat sie nichts verändert. Und das erschließt sich mir auch als völlig logisch, denn die Tassen waren gerade erst leer getrunken, als die beiden sich diesmal eher mit einem geheimnisvollen Zwinkern in Ciaras Zimmer zurückziehen. Misakis Kleider sind inzwischen zwar ordentlich auf der Couch zusammengelegt, aber halt doch bei mir im Wohnzimmer zurückgeblieben. Nachdem die Musik während unseres Gespräches auf Hintergrund runtergedimmt wurde, ist es für meine spitzen Ohren auch nicht zu überhören, dass in Ciaras Zimmer jemand das „hohe Lied der Liebe" anzustimmen beginnt. Nachdem ich die Stimme meiner Tochter sehr gut kenne, gehe ich davon aus, dass es Misaki ist, die von Ciara in diesem Moment in eine hemmungslose Seligkeit geschickt wird.
Mir bleiben auch diesmal nur die erregenden Bilder dieser hübschen Freundin meiner Tochter, die ich

gerne immer wieder in meinen Gedanken abrufe, um meiner Hand den Weg in den Garten meiner Lust zu genehmigen.

Ich weiß, dass mir ein hochaufgerichteter männlicher Lustspeer immer wieder mal guttun wird und ich auch nicht plane, künftig in Enthaltsamkeit zu leben. Aber mein fester Vorsatz ist es, der zarten Liebe dieser beiden, die ich so sehr ins Herz geschlossen habe, einen wohlbehüteten Garten anzubieten, in dem ihre Liebe und auch ihre Lust behutsam und sicher aufblühen kann. Während meine Finger den elektrisierenden Punkt für meine Erregung erreicht haben, schießt ein belustigender Gedanke durch meinen Kopf. „Wozu so ein Knochenbruch auf der Piste alles gut sein kann! Meine Tochter findet einen lieben Menschen und meine Fantasie wird bereichert durch die Bilder, denen ich „einbeinig" wehrlos ausgeliefert war.

Adel verpflichtet

1. Samstag vor Palmsonntag

Das ist mir neu. Als ein wohlerzogenes Kind aus einer katholisch geprägten Familie, beginnt die Osterwoche eigentlich mit dem Palmsonntagsgottesdienst in der Kirche. Zwar habe ich meine Ministranten-Zeit längst hinter mir und auch der katholischen Kirche meinen Rücken zugekehrt, von einer ‚Hosianaparty‘ hatte ich aber bis heute nicht gehört. Und so war ich auch nicht schlecht überrascht, als ich am Samstag vor dem Palmsonntag am Verkaufsstand unseres Vereins ‚Handicaps e.V.‘ die Einladung für die Hosiannaparty bekomme. Es ist die Frau Baronin, die mir, nachdem sie einen größeren Geldbetrag in unsere Spendenbox hinterlassen hat, diese Einladung in die Hand drückt.

Frau von Carlstein ist in unserer Stadt wohl bekannt. Nicht nur, weil sie großzügig sowohl Kunst und Kultur fördert und die sozialen Einrichtungen immer wieder mit ansehnlichen Spendensummen bedenkt. Bekannt ist sie auch deshalb, weil sie eine sehr attraktive Erscheinung ist und sich nicht in ihrem Anwesen versteckt. Großgewachsen, schlank, einem anziehend schönen Gesicht, das seinem Gegenüber stets mit einem freundlichen, ja sogar strahlenden Lächeln begegnet, hat sie sich in dieser Stadt den Ruf der

‚Mutter Theresa' eingehandelt. Manche nennen sie hinter vorgehaltener Hand die „sexy Hannelore", weil sie auch mit ihren weiblichen Reizen nicht hinter dem Berg hält.

Ich kenne Frau von Carlstein schon seit meiner Ministranten-Zeit. Ich ministrierte damals bei ihrer Hochzeit, das ist wohl zwanzig Jahre her. Seitdem hat sie mich immer mal wieder angesprochen, da ich nach meiner ‚Kirchenkarriere' zunächst ehrenamtlich und seit zwei Jahren nun auch beruflich für den ‚Handicaps e.V.' tätig bin.

Und eben diese Frau von Carlstein drückt mir heute die Einladung für die Hosiannaparty in ihrem Anwesen in die Hand.

„Warum nicht?", denke ich, als ich das Kuvert öffne und lese, dass man mich um 21 Uhr in festlich legerer Garderobe erwartet. Ich bin ungebunden und habe bis jetzt auch noch keine Pläne für den heutigen Abend gemacht. Dann gehe ich halt mal zum lokalen Adel.

Es ist wirklich eine illustre Gesellschaft, die sich da im Salon der von Carlsteins eingefunden hat.

„Lass bitte das ‚Frau von Carlstein'. Wir duzen uns hier alle. Ich bin die Hannelore und ich hoffe, du hast nichts dagegen, wenn ich dich auch duze und Bernd nenne!" Sie stößt ihr Glas an meines und fordert unmissverständlich den obligatorischen Kuss für diese Zeremonie ein.

Wie ich dieses Angebot ausschlagen.

„Und was sagst du zu dieser Runde?" Hannelore blitzt mich mit ihren hellen großen Augen an und erwartet wohl eine wohlwollende Antwort von mir.

„Ich bin ja wohl das absolute Küken in diesem illustren Kreis. Ich weiß gar nicht, wie ich zu dieser Ehre komme?"

„Stört es dich denn? Es war mir schon klar, dass du uns alle um zwanzig Jahre und mehr unterbietest. Allerdings war ich mir auch gar nicht sicher, ob du überhaupt kommen würdest, wenn du als attraktiver junger Mann von so einer alten Frau wie mir eine Einladung bekommst. Wo du dich gerne mit vielen reizenden jungen Mädchen vergnügen könntest an so einem Samstagabend!"

„Also das Kompliment kann ich ja gerne zurückgeben. An Attraktivität mangelt es dir ganz und gar nicht und wenn ich mich umschaue, müssen sich einige Damen und ganz gewiss auch einige Herrn in diesem Hause garantiert nicht verstecken, was ihre Attraktivität angeht."

„Hey, dann stehst du wohl auf eher ältere Semester?"

„Das will ich damit nicht unbedingt gesagt haben, aber eine gewisse Reife trägt durchaus auch zu Attraktivität bei!"

Hannelore lacht verschmitzt und tritt flüsternd einen Schritt näher auf mich zu.

„Das heißt wohl, du würdest auch eine Frau in meinem Alter nicht von der Bettkante stoßen?"

Ich grinse. „Ich weiß nicht, ob ich es nicht doch tun würde. Allein wenn ich mir deinen Mann ansehe, sinken meine Chancen bei dir doch nahezu auf null."

Nun lacht sie schallend, so dass einige ihrer Gäste uns amüsiert in den Blick nehmen.

„Da hat wohl jemand Angst vor einem eifersüchtigen Ehemann!", setzt sie im Flüsterton den Schlusspunkt unserer Unterhaltung, stellt ihr Glas ab und greift nach meiner Hand.

„Komm, lass uns tanzen!"

Erst als ich weit nach Mitternacht meinen Mantel in der Garderobe anziehe, hat Hannelore nach unserem Tanz wieder Zeit für mich.

„Trinken wir morgen einen Kaffee zusammen?", fragt sie.

„Gerne, warum nicht?"

„Komm doch um elf Uhr ins Markt-Café, da gibt es die besten Croissants."

„Okay, gerne!"

Es ist still auf der Straße draußen. Ich genieße die frische Luft und denke, dass ich seit heute Abend wohl mit Hannelore eine sehr nette und wohlbetuchte Freundin gewonnen habe.

2. Palmsonntag 11 Uhr

Hannelore sitzt bereits an einem der kleinen Bistrotische, als ich am Palmsonntag im Markt-Café betrete.
„Ich habe dir auch das kleine Frühstück bestellt oder willst du hier gleich zu Mittag essen?"
Sie steht auf, umarmt mich und küsst mich auf die Wange „Guten Morgen erst mal, mein Lieber, ich hoffe, du hast ordentlich schlafen können, nach der Seniorenparty gestern?" Ihr verschmitztes Lachen kann ich nicht recht deuten.
„Oh ja, ich kann immer gut schlafen, egal wie alt die Menschen am Vorabend sind!" Jetzt lachen wir beide.
Nach einem belanglosen Wortgeplänkeln, beginnt Hannelore zu erklären.
„Diese Hosiannaparty machen wir schon seit vielen Jahren. Erik hat ein Narren daran gefressen und hat damit ja auch einen eigenen Festtag geschaffen. Die Gäste sind seit Jahren auch dieselben und deshalb fällst du als Junger und Neuer halt auf."
„So? Ich bin aufgefallen? Woran machst du das denn fest?"
„Naja, du hast ja wohl mitbekommen, dass fast jeder mal mit dir reden wollte und sich die Frauen auch gerne von dir auf die Tanzfläche haben führen lassen. Und als du gegangen warst, hätte es dir auch in den

Ohren klingeln müssen, denn mir schien, dass du dann der einzige Gesprächsstoff warst."

„Schön zu wissen, dass man sich hinter meinem Rücken über mich das Maul zerreißt!" Ich spiele den Empörten.

„Na, du bist nicht schlecht weggekommen dabei! Und bei einigen der hübschen Damen, will ich gar nicht wissen, was sie alles an Phantasiebildern vor sich hatten!"

Hannelore zwinkert mir zu und nippt an ihrem Cappuccino.

„Und wenn ich das gestern richtig verstanden habe, dann bist du darüber gar nicht mal so unglücklich, oder? Wie war das mit der attraktiven Reife?"

„Scheinbar habe ich mich da etwas weit aus dem Fenster gelehnt, ha? Und du scheinst daran auch deinen Spaß zu haben!"

„Und wenn es kein Spaß ist, Bernd? Wenn ich es ernst meine, sogar sehr ernst, was dann?"

„Wie meinst du das? Hannelore, du bist verheiratet und hast ein unbeschwertes Leben hier, was soll dann so eine Anspielung?"

„Bernd, können wir offen reden?"

„Klar, was soll die Frage?"

„Ich meine richtig offen, offen und intim?" Sie sieht mich nun wirklich sehr ernst an, obwohl ihr Gesicht trotz allem das Lächeln nicht ganz vertuschen kann.

„Du kannst, wenn du gerne möchtest natürlich auch ganz offen und auch intim mit mir reden. Ich habe nichts zu verheimlichen."

„Gut, an die große Glocke möchte ich das, was ich dir sagen will, nicht unbedingt gehangen sehen."

Ich lache. „Davon gehe ich aus. Ich denke meine Intimitäten eigenen sich auch nicht für die Berichterstattung in der Lokalpresse!"

„Bernd, bist du mit jemanden zusammen? Ich sehe dich immer nur alleine durch die Stadt ziehen. Ist das jetzt zu neugierig von mir?"

„Nein, das kannst du ruhig wissen. Ich bin seit mehr als einem halben Jahr nicht mehr liiert. Meine Freundin ist ins Ausland gegangen und das war auch gut so für uns beide, denn wir hatten eine ziemlich toxische Beziehung."

„Und kommt sie zurück in der nächsten Zeit?"

„Das kann ich dir nicht sagen. Aber ich glaube es kaum, denn sie hat bereits wieder einen Partner und das scheint besser zu laufen, wie mit uns beiden."

„Dann… Haut es dich um, wenn ich dich frage, ob du mit mir etwas anfangen würdest?"

„Mit dir? Wie meinst du das?"

„So wie ich es sage. Hältst du mich für attraktiv genug, um mit mir Sex zu haben?"

Ich kann mir ein Lachen nicht verkneifen und schüttle dabei auch meinen Kopf.

„Liebe Hannelore, diese Frage solltest du in dieser Stadt nicht stellen. Ganz bestimmt nicht! Zeig mir einen Mann in dieser Stadt, der dich nicht für attraktiv genug hält, um mit dir Sex haben zu wollen. Da wirst du dich sicher harttun. Aber ich denke darum geht es gar nicht. Jeder kennt dich und jeder kennt deinen Mann und jeder schätzt euch beide. Ich denke, die allermeisten, mich eingeschlossen, haben so viel Respekt vor euch beiden, dass sie sich hüten würden, mit dir deinen Mann zu hintergehen. Das solltest du eigentlich auch wissen und auf keine solchen Gedanken kommen."

Hannelore sieht eine Weile ziemlich gedankenverloren auf den Tisch und dreht mit beiden Händen ihre Cappuccino- Tasse. Dann sieht sie mich an, streicht ihre Haare aus dem Gesicht und greift nach meiner Hand.

„Bernd, egal mit welcher Entscheidung wir heute aus diesem Café hier rausgehen, ich würde dich bitten, dass das, was ich dir jetzt anvertraue an niemand anderen weitergegeben wird. Ist das möglich?"

So etwa kann ich mir schon denken, was sie mir anvertrauen will, ob das allerdings meine Meinung ändern wird, wage ich zu bezweifeln.

„Darauf kannst du dich verlassen, versprochen!"

„Ich will meinen Mann nicht hintergehen, Bernd. Das siehst du noch nicht aus dem richtigen Blickwinkel.

Ich liebe ihn und das wird sich auch nicht ändern. Und alles, um was es mir geht, ist meinen Mann glücklich zu machen, ohne dass ich irgendetwas bereuen müsste."

Mein Gesicht ist jetzt wohl zu einem ganz großen Fragezeichen mutiert. Jedenfalls kann sich Hannelore ein kleines Auflachen nicht verkneifen.

„Weißt du, Bernd, der Adel hat manchmal so seine eigenen Gesetze und tut sich schwer über den eigenen Schatten zu springen. Erik liebt mich auch sehr sogar, aber er kann mit Frauenkörpern wenig anfangen. Das stimmt jetzt nicht ganz, denn er ist sicher vorwiegend schwul, aber er ist ein Gourmet und das auch beim Sex. Und da lautet bei ihm die oberste Devise: Das Auge isst immer mit. Erik ist ein Voyeur wie er im Buche steht. Wir sind seit knapp 20 Jahren verheiratet."

„Ich weiß, ich habe bei eurer Hochzeit ministriert! Und damals war das für den kleinen Jungen fast eine ‚Königshochzeit'!

Hannelore lacht. „Ich weiß und es war ja auch wirklich eine schöne Hochzeit. Aber lieber Bernd, Erik und ich haben, so unglaublich es klingt, in dieser langen Zeit nicht ein einziges Mal miteinander geschlafen."

„Was? Ihr habt nie Sex miteinander gehabt?"

„Das habe ich nicht gesagt! Ganz im Gegenteil, wir haben sogar viel Sex miteinander gehabt, aber Erik ist nicht ein einziges Mal in mich eingedrungen."

Und wie hat eure Sex dann ausgesehen?"

Wir haben uns gegenseitig zugesehen. Ja, wir sehen uns nur gegenseitig zu. Erik liebt es, mir dabei zuzusehen, wie ich es mir selbst mache und währenddessen erregt er sich selbst und kommt zum Höhepunkt. So ist das bei uns!"

„Und damit gibst du dich zufrieden? Hättest du ihn denn damals geheiratet, wenn du das gewusst hättest?"

„Natürlich, denn ich habe ihn ja geheiratet! Und wir waren immer ehrlich zueinander. Selbstverständlich wusste ich schon alles vor der Hochzeit. Wir hatten doch vorher auch schon Sex. Und vor zwanzig Jahren waren die Zeiten beim Adel längst vorbei, in denen man sich erst am Hochzeitstag kennengelernt hat."

Sie lacht wieder und ihr Gesichtsausdruck lässt mich etwas schnippisch wissen, dass sie mir offensichtlich eine Neuigkeit beigebracht hat.

„Bisher habe ich mich damit zufriedengegeben, denn es gibt auch beim Solosex sehr viele wunderbar erregende Varianten. Erik gibt sich allerdings mit unserem Zustand nicht ganz zufrieden."

Hannelore unterbricht sich in ihrer Erzählung, da ein junges Pärchen vorhat an unserem Nebentisch Platz zu nehmen. Sie beugt sich zu den beiden rüber.

„Macht es Ihnen etwas aus, wenn ich sie bitte, dort drüben Platz zu nehmen? Wir haben hier etwas

Wichtiges zu besprechen und würden uns freuen, wenn wir das weiterhin ungestört machen können. Bitte!"

Der junge Mann setzt grade an zu protestieren, als Hannelore ihn unterbricht.

„Ihre Zeche auf dem Tisch da drüben, geht komplett auf meine Rechnung. Egal, was sie bestellen. In Ordnung?"

„Egal, was wir bestellen?" Der junge Mann sieht sie mit einem breiten Grinsen an.

„Genau, laden Sie gerne die junge Dame zum Champagner ein. Ich bin mir allerdings fast sicher, dass sie ein Cola vorzieht! Aber selbstverständlich würde auch der Champagner gezahlt!"

Die beiden stehen lachend auf und setzen sich in den anderen Teil des Cafés.

„Wo war ich stehen geblieben?" Sie sieht mich an.

„Erik sagtest du gibt sich mit eurer Situation nicht zufrieden. Sicher möchte er einen Mann mit im Bett haben und der soll wohl ich sein?" Die kleine Unterbrechung mit dem jungen Pärchen hat mir etwas Zeit gegeben, mich mit Hannelores Offenbarungen auseinanderzusetzen.

„Du meinst wohl, mich dazu überreden zu können, dass ich den Bi-Part in Eurem Bett geben soll?"

„Nein Bernd, du verstehst mich total falsch. Ich habe dich gefragt, ob du mich attraktiv genug hältst, um mit mir Sex zu haben. Ich habe nicht von Sex mit Erik gesprochen. Obwohl er dabei eine Rolle spielen würde."

„Und welche, bitte?"

Erik würde es sehr gerne sehen, wenn seine Frau von einem Mann genommen wird. Banal ausgedrückt, er würde gerne dabei zusehen, wenn du mit mir vögelst. Kannst du dir das vorstellen?"

Ein wenig sprachlos bin ich nun wirklich. Diese tolle stadtbekannte Frau bietet mir ihr Bett an und wünscht sich, dass ihr Mann uns beim Sex beobachtet.

„Bernd, dieser Wunsch von Erik besteht schon seit zwanzig Jahren und bisher habe ich ihm diesen Wunsch nicht erfüllt. Und warum? Weil ich nicht mit irgendwem ins Bett steigen möchte. Ich möchte, wie ich das vorhin gesagt habe, auch etwas davon haben."

„Und mit mir hast du etwas für dich?"

„Ja, mit dir habe ich etwas für mich. Dich habe ich schon lange im Auge, aber bisher habe ich mich nicht getraut und wenn du am Samstag nicht so positiv von älteren Menschen gesprochen hättest, hätte ich es wohl auch bei dir bleiben lassen. Aber jetzt sind die Würfel gefallen und ich habe mich und Erik geoutet. Er weiß übrigens, dass und aus welchem Grunde ich hier sitze. Er war am Samstag sehr von dir angetan und würde sich freuen, wenn ich ihm eine erregende Antwort heute mitbringe."

Ich schüttle wieder etwas benommen meinen Kopf.

„Dir ist schon klar, was du mir hier für ein Angebot machst, Hannelore!"

„Ja, doch ich weiß, was ich gesagt hab. Zugegeben, ich hatte sehr viel mehr Zeit mich darauf vorzubereiten, als du. Das ändert aber an der Frage nichts. Und wenn du dir Zeit lassen willst mit der Antwort, kann ich das gut verstehen. Ich kann ja verstehen, dass es nicht so einfach ist, ein offenes Sexangebot anzunehmen und noch dazu von jemanden zu verlangen, dass er dann einen Zuschauer beim Sex akzeptieren sollte." Sie legt eine Pause ein. „Und vielleicht auch das Wissen, dass der Zuschauer der Mensch ist, den sein Partner wohl inniger liebt als ihn selbst."

Wir sehen uns sehr lange in die Augen. Vielleicht denkt sie in dem Moment, dass sie mich mit ihrer Bitte, mit ihrem Anliegen überfordert hat. Vielleicht hat sie mich innerlich schon abgeschrieben.

Ich breche unseren Augenkontakt und lache.

„Hannelore, erstens war ich mit meiner Freundin schon einmal in einem Swingerclub und hatte keine Problem damit, von anderen beobachtet zu werden, während ich meine Freundin gevögelt habe."

„Und zweitens?"

„Zweitens finde ich es ausgesprochen klasse, zu hören, dass du mit deinem Mann ein so liebevolles Miteinander lebst!"

Wieder sieht sie mir in die Augen. Sie lächelt. „Gibt es noch ein drittens?"

Ich nicke lächelnd. „Ja, es gibt noch ein drittens. Du bist eine bildhübsche Frau, mit der ich mir alles vorstellen kann. Für mich bist du noch um Vieles attraktiver geworden ist, weil du dich mir so uneingeschränkt und ehrlich offenbart hast. Und ganz ehrlich, ein bisschen hochnäsig darf ich doch sein, wenn deine Wahl gerade auf mich fällt, dein Bett mit dir zu teilen."

Hannelore beugt sich über den Tisch und drückt mir einen Kuss auf die Backe.

„In der Öffentlichkeit gibt es nicht mehr. Ist das Okay?" Sie lässt sich wieder auf ihren Stuhl plumpsen.

Und dann kommt ihre nächste Frage: „Hast du heute Abend Zeit?"

3. Palmsonntag 21 Uhr

Hannelore sieht umwerfend aus! Ich stehe im Eingang der von-Carlstein-Villa, deren Türe sie mir gerade geöffnet hat.

In einem langen schwarzen Seidenkleid, das nichts, aber auch gar nichts ihrer jugendlichen Figur verstecken kann, betont durch weiße hochhackige Sandalen hält sie mir die Türe auf. Ihr Lächeln zaubert meine nur allzu verständliche Nervosität vor diesem Gang im Nu ins Nirvana.

„Komm rein!" In der einen Hand noch die Türe umfasst mich ihr linker Arm und zieht mich an ihren Körper. Ihre warme Wange drückt sich an meine kalte. Dann küsst sie mich flüchtig und schließt die Türe.

Ich lege meine Jacke ab und lass mich von ihrer Hand gezogen in den Salon führen. Der ganze Raum ist mit Kerzenlicht illuminiert. Der leise Sound von einem der Klavierkonzerte Chopins flutet den Raum. Auf der großen beigen Couch-Landschaft, die gestern Abend noch mehr als einem Dutzend Gäste Platz geboten hatte, liegt eine übergroße flauschige Tagesdecke. Der Couchtisch und drei Sesseln sind in einem guten Abstand zur Couch platziert. Neben dem Champagner-Kühler stehen zwei bereits eingeschenkte Sektschalen. In der Erkernische steht der große lederne Ohrensessel nebst dem stilistisch dazu passenden kleinen Beistelltisch auf dem eine silberne Schale steht, die in Ähnlichkeit mit dem Champagner-Kühler konkurriert.

Hannelore zieht mich zum Couchtisch, drückt mir eine der Sektschalen in die Hand, greift nach der zweiten und lässt das Glas gegeneinander klingen.

„Auf einen wohltuenden gemeinsamen Abend, lieber Bernd!" Wir trinken einen Schluck und stellen die Gläser auf dem Couchtisch ab.

Hannelore legt die Arme um meinen Hals und ich lasse meine Hände an ihrem Körper langsam nach unten gleiten. Dabei spüre ich nicht nur die kühlende Seide ihres Kleides, sondern auch ihre Warme Haut, die dieses rückenfreie Kleid großzügig preisgibt. Barrieren von Wäscheteilen versperren meinen Weg auch dann nicht, als ich ihre Lenden erreiche und vorsichtig die festen Backen ihres Pos umschmeichle.

„Ich dachte, dein Mann wäre auch hier? Sagtest du nicht, es sei seinetwegen, dass ich hier bin?"

Sie küsst mich, drängt ihre Zunge zwischen meine Lippen und lässt mich unverkennbar ihre Leidenschaft spüren.

„Ich hoffe, dass ich wenigstens ein ganz kleiner Grund bin, warum du heute gekommen bist."

Sie blitzt mich spitzbübisch mit ihren großen hellen Augen an.

„Wie könnte ich das vergessen haben, dass vor mir ein wahnsinnig erotisches Wesen steht, das verführt werden will? Aber…"

„Nichts aber! Erik ist draußen im Bad, er schwimmt seine Runden und geht auch in die Sauna. Er wird sich später zu uns gesellen."

„Sollen wir auf ihn warten?"

„Ich hoffen, dass das nicht nötig ist. Oder gedenkst du mich hier mit einem Quickie abzuspeisen?"

Hannelore sieht mich sinnlich lächelnd an, löst sich von meinem Körper, tritt einen Schritt zurück und schlüpft gekonnt aus dem Nackenträger ihres Kleides. In sanften schwarzen Wellen fließt die Seide über ihren Körper. Gleich einem kleiner Wasserfall umspült die feine Seide ihre wohlgeformte feste Brust, bevor sie die beiden hochaufgerichteten Nippel in ihren dunkelbraunen Höfen meinen Blicken preisgibt. Mit einer Hand unterstützt Hannelore die schwarzen Seidenwellen, um ihre Hüfte nicht zum Staudamm werden zu lassen. Und wie selbstverständlich sucht sich der seidige Fluss den Weg ihren Hüften und Beinen entlang, um ihren Füssen in den weißen High-Heels einen Atoll-gleichenden Rahmen zu bieten.

Sie ist splitternackt! Es fällt mir schwer, mich an diesem Körper satt zu sehen. Das strahlende und einnehmende Lächeln ihrer Augen, ihres Mundes! Der schlanke Hals, ihre Schulter gerade, ihre durchaus kräftigen Arme! Ihren Busen muss sie vor keinem jungen Mädchen verstecken! Ihr flacher Bauch wird gerade zu betont von formvollendeten Hüften und einem beeindruckenden blankrasierten Venushügel unter dem zwei gleichmäßig rosa Labien ihre geheime Blüte verstecken. Ihre Schenkel verschweigen ein regelmäßiges Training nicht. Voller Vorfreude genieße ich das mir präsentierte Bild der Venus und lass diese Erscheinung auf ich wirken.

„Soll ich noch lange so stehen bleiben?"

Hannelore steigt aus dem schwarzen Seidenring, dreht sich langsam um die eigene Achse, als wolle sie meinem genüsslichen Schauen auch ihren makellosen Rücken und vor allem ihren knackigen Prachthintern nicht vorenthalten.

Dann tritt sie auf mich zu.

„Darf ich nun auch an den Honigtopf der Lüsternheit naschen?" Sie fährt mit dem Finger über meine Nase um sich sogleich an meinem Hemdknopf zu schaffen zu machen. Sie zelebriert meine Entkleidung und als sie mich endlich von allen Textilen befreit hat, tritt sie ganz nahe an mich heran, drückt ihre Nase auf meine, sieht mir in die Augen.

„Sei mir nicht böse, aber in diesem Moment interessiert mich der hier am meisten!" Im selben Augenblick spüre ich ihre Hand, die meinen inzwischen steifen Schwanz mit einem kräftigen Zugriff in Beschlag nimmt. Mit der anderen Hand drängt sie mich in Richtung der Couch und stößt mich -selbst mitfallend auf die kuschelige Tagesdecke. Ehe ich mich versehe, liegt sie zwischen meinen Beinen und beginnt sich mit beiden Händen mit meinem hochaufgerichteten Schaft zu beschäftigen. Den Kopf etwas an der Couchlehne erhoben betrachte ich ihren nackten Körper. Fasziniert von dem Berg- und Tal-Spiel ihres Rücken, ihrer Taille und ihrer Lende, fasziniert mich vor allem ihr kräftiger durchtrainierter Hintern. Der Gedanke, diesen durchzukneten, ihm den ein oder anderen vielleicht auch kräftigeren Klaps zu verpassen in Zusammenhang mit Hannelores Aktivitäten an meinem Schwanz, lassen mich in eine himmlisch erotische Sphäre eintauchen. Ihre großen hellen Augen strahlen mich an, als sie sich etwas nach oben stemmt und genüsslich ihre Lippen über meine pralle Eichel stülpt.

Mein Blick hat ihr wohl zu verstehen gegeben, dass sie ihr Spiel nicht zu weit treiben darf, wenn sie mich nicht gleich zu einem mich schwächenden Orgasmus treiben will.

„Aber später darf ich aus dieser Quelle trinken, oder?" Erwartungsvoll hebt sie ihren Kopf und sieht zu mir hinauf.

„Nicht, bevor ich nicht deine Quelle zum Sprudeln gebracht habe!" Ich ziehe meine Beine unter ihren

Schultern vor und mit einem schnellen Griff drehe ich sie auf den Rücken und ziehe sie etwas nach oben. Dann bin ich auch schon zwischen ihren Beinen und betrachte ihr noch verschlossenes weiches Blütennest. Unübersehbar zwängen sich die ersten glitzernden Nektarperlen ans kerzenflackende Salonlicht. Ich streichle mit meinen Fingern über die weiche Haut ihrs Hügelsund suche behutsam die unter den zarten Lippen versteckte Perle. Hannelore stöhnt. Ohne Widerstand lösen sich die Labien und weisen meinem Finger den feucht glänzenden Weg hin zu ihrer nektarumspülten Höhle. Ich senke meine Zunge in das offene Tal ihrer Lust. Allein die Berührung ihres kleinen Liebesstempels lässt das zögerliche Tropfen zu einer eruptierenden Quelle mutieren. Nicht nur das genüssliche Schlürfen meiner Lippen, meiner Zunge, vor allem Hannelores gurrender Gesang geben dem flutenden Quell ihrer Lusthöhle den aufpeitschenden Sound und treiben mich an, ihr die Sinne zu rauben und das Kar ihrer Lust für eine zügellose Reise in einen orgastischen Himmel zu bereiten. Ihr ungezügeltes Klagen, ihre hemmungslosen Bewegungen, ihr Hin- und Herwerfen des Kopfes und ihr überflutender Nektarstrom, gebieten meiner Zunge nicht einen Millimeter von der sie elektrisierenden Perle freizugeben. Ich fessele sie mit meinen Armen. Sie beginnt mit den Beinen zu strampeln, versucht mit seitlichen

Drehungen ihres Hinterns sich aus der Gefangenschaft meiner Umklammerung zu befreien. Ich lasse es nicht zu. Noch nicht. Meine Zunge taucht tief in ihr Lusttal ein, umrundet das Tor ihrer Höhle, um sich dann wieder der kleinen neugierigen Perle zu widmen, die Hannelore nun zum finalen Schrei und zur Eruption ihres Orgasmus-Vulkanes treiben. Ihr Körper wirft sich unkontrolliert von einer zur anderen Seite. Ihr Atem gleicht einem ohrenbetäubenden Hecheln und Bauch und Busen gleichen dem Wellengang eines Hurrikans auf offenem Meer.

Ich lasse von ihr ab. Gebe sie ihrem schwelgenden Orgasmus hin und ergötze mich an ihrer hemmungslosen Hingabe. Dieser prächtige sich windende Frauenkörper lässt meinem Schwanz keine Chance. Prall und steif streckt er sich der flutenden Lustquelle entgegen, als ich mich aufrichte. Als Hannelores Bewegungen beruhigender werden, klopft meine Eichel am Eingang ihrer Höhle an. Sie hebt ihren Oberkörper, und zieht mich mit beiden Händen an meiner Hüfte in sich hinein. Ich verharre einen Moment. Mein Blick seitlich zum Erkerfenster erfasst auf dem ledernen Ohrensessel ihren Mann. Erik sitzt dort in einem dunklen seidenen Morgenmantel, den er offen hat. Mit einem schüchternen Lächeln hält er in der rechten Hand sein steifes Glied und lässt die Finger daran langsam auf und ab gleiten. Ich dringe tiefer in

Hannelore ein. Sie stöhnt, öffnet ihre Augen, lächelt, auch sie hat wohl ihren Mann entdeckt. Sie kommt ganz nahe an mein Gesicht. Flüsternd, fast hauchend, verlangt sie nun:

„Jetzt fick mich, reite mich, knet meine Titten und spritz mich richtig voll! Mach ihn glücklich!"

Ich ziehe mich ein Stück aus ihr zurück, um mich sofort mit einem heftigen Stoß wieder in ihr auszubreiten. Sie stöhnt auf. Ich lass ihr keine Zeit und stoße ihr gleich zweimal kräftig meinen Schwanz bis zum Anschlag in ihre Lusthöhle. Sie jault. Ich lasse nicht nach. Weil ich mich mit beiden Händen den Stößen angemessen auf der Couch abstoße, krallt sie mit den Fingern ihrer Hand in ihre Brüste. Je heftiger ich stoße, desto ungehemmter bearbeitet sie ihre Hügel. Sie knetet hemmungslos und presst abwechseln ihre Nippel zwischen Daumen und Zeigefinger, dass lediglich eine flache Spitze für mich zu sehen ist. Zwischen ihren Beinen ist sie klatschnass, sodass mein sich ankündigender Orgasmus alle Zeit der Welt hat und sich Stoß für Stoß unendlich langsam aufbaut. Nicht nur Hannelore scheint jeden Stoß zu genießen. Ihr Mann sieht mit offenem Mund und großen Augen zu uns auf die Couch und scheint mit jedem meiner Stöße in das Lustzentrum seiner Frau die Geschwindigkeitseiner am Schwanz massierender Hand zu steigern. Ein kurzer Schrei von ihm, lässt mich in meiner Bewegung innehalten. Hannelore stöhnt bettelnd. Mein Blick gilt aber ihrem Mann, der plötzlich seine Beine gerade nach vorne streckt, den Kopf nach hinten werfend sich von der Sessellehne wegdrückend, kurz von der Sitzfläche erhebt, um sich umgehend wieder in die Sitzposition fallen zu lassen. Sein Kopf fällt auf die Brust und sein Stöhnen übernimmt nun die Soundhoheit im Salon. Die ganze Zeit über hält er seinen Schwanz an der Eichel zusammengepresst, so dass für mich nicht erkennbar ist, ob er abgespritzt hat oder nicht. Ich beginne mich wieder langsam meinen prallen Schwengel in Hannelores warm gefluteten Lust-Etui zu bewegen. Sogleich übernimmt sie wieder die phonale Führung in diesem Raum.

Meine Aufmerksamkeit gilt aber im Moment noch ihrem Mann, der sich aus dem Sessel erhebt, nach einem der gefalteten Tüchern auf dem Beistelltisch greift, diesen in die dort platzierte Schüssel taucht, um sich dann seinen Schwanz damit gründlich zu reinigen. Das Tuch verstaut er anschließend in der silbernen Schüssel, schließt seinen seidenen Bademantel und verlässt dann mit einem freundlichen Blick zu uns herüber den Salon.

Hannelore lächelt, als sie ihren Blick von ihm löst und mich ansieht.

„Lass mich dich jetzt noch etwas spüren! Es fühlt sich so gut an mit dir!" Sie zieht mich mit beiden Händen auf sich hinunter und flüstert mir ins Ohr.

„Sei jetzt bitte einfach nur hemmungslos. Fick mich, sei unbeherrscht und spritz mich einfach voll. Komm, ich sehne mich danach!"

Jedes ihrer Worte erhöht das pulsieren in meiner Leiste und lässt meine Schwanz zum Bersten anschwellen. Ich bleibe auf ihr liegen, presse meinen Oberkörper auf ihre weichen Brüste und glaube die Härte ihrer Nippel auf meiner Haut zu spüren. Ich ziehe meine Knie leicht an und beginne mich wieder in ihrer sprudelnden Grotte hin und her zu bewegen. Mit jedem Eindringen, jedem Anstoßen an ihrem Muttermund entfährt Hannelore ein keuchender Laut, der mich mehr und mehr meine Zurückhaltung aufgeben lässt. Der Zenit ist übersprungen, jetzt gibt es kein Einhalten mehr ich treibe meinen Schwanz in immer kürzeren Sequenzen in sie hinein und fiebere den aufkommenden Tsunami meines Orgasmus entgegen. Dann bricht die erste Welle über mich herein und ich entlade alle meine Spermien in Hannelores lang vernachlässigtes Heiligtum. Am Pulsieren meines Schwanzes spürt sie wohl Welle für Welle die gewaltige Macht, die sich mit meinem Orgasmus über mich hermacht. Sie drückt mich mit den Armen umschlungen fest an ihren Körper.

„Bleib!", flüstert sie, „Bleib, du fühlst dich so gut an!"
Mein Atmen wird langsamer und leiser, die Anspannung lässt nach und auch mein Schwanz verliert die Mächtigkeit der letzten halben Stunde. Hannelore entlässt mich aber nicht aus ihrer Umarmung.

„Weißt du, Bernd, ich liebe Erik wirklich aus vollem Herzen und ich weiß, wir beide haben ihn heute sehr glücklich gemacht. Aber auch ich habe dich heute so genossen, wie du es dir wohl nicht vorstellen kannst. All die Jahre ohne Haut auf meiner Haut spüren. All die Jahre nur die eigene Hand für ein paar Augenblicke Befriedigung. Du weißt gar nicht, welch einen Schatz du heute Abend in mir ausgegraben hast."
Wir küssen uns sehr lange und sehr innig.

Als Hannelore mich eine Stunde später an die Türe bringt, erwartet uns ihr Mann dort. In korrekt sitzender Freizeitkleidung streckt er mir seine Hand zum Abschied entgegen.

„Vielen Dank, Bernd!", sagt er. „Wenn du Zeit hast, würde ich mich freuen, wenn wir dich am kommenden Donnerstag zum ‚Seelenessen' begrüßen dürften. Wenn wir deine Zeitpläne damit nicht durchkreuzen, wäre es uns eine Ehre mit dir zu speisen."
Er legt seine zweite Hand noch auf unsere beiden Hände. Lächelt, dann dreht er sich um und lässt Hannelore und mich allein in der Eingangshalle.

„Was bedeutet denn das ‚Seelenessen'?" Ich sehe Hannelore fragend an.

Sie lacht, legt die Arme um meinen Hals und küsst mich auf den Mund.

„Das ‚Seelenessen' ist eine Tradition im Hause der Carlsteiner. Eigentlich etwas ganz Bescheidenes, aber eine nette Gewohnheit. Immer am Gründonnerstag wird spät abends noch ein kleiner Imbiss eingenommen. In der Regel sind es Seelen vom Bäcker, Käse, roher Schinken und Oliven oder Tomaten."

„Und da kommt dann wieder die ganze Mannschaft zusammen, wie letzten Samstag?"

„Nein, um Gottes Willen! Das ist etwas sehr Intimes. Sehr selten mit Gästen. Trotzdem etwas Besonderes, weil so spät abends in diesem Haus eben nicht gegessen wird. Wirklich nur an Gründonnerstag."

4. Gründonnerstag

Hannelore empfängt mich auch diesmal in einem umwerfenden Outfit. Nicht nur, dass ihr strahlendes Gesicht durch die zum Pferdeschwanz zusammengebundenen Haare noch eine einnehmendere Wirkung erzielt. Der schwarze Bläser, den sie trägt, endet knapp an den Oberschenkeln und ist so geknöpft, dass er einen uneingeschränkten Blick auf ihren prachtvollen Busen zulässt. Ihre ellenlang wirkenden Beine schimmern durch schwarze Seidenstrümpfe an Straps-Bändern, die zwischen Strumpfspitze und Bläser noch eine Menge ihrer Oberschenkelhaut preisgeben. Ihre High-Heel-Sandaletten sind diesmal schwarz.

„Ich dachte, ich komme zum Essen?" Ich erwidere Hannelores innige Umarmung und lass es mir nicht entgehen, meine Hände über ihren Körper gleiten zu lassen. Dabei bleibt nicht verhohlen, dass sie unter dem Bläser textilfrei ist.

„Später, mein Lieber, später! Erik wünscht mich dabei zu betrachten, wie mein Liebhaber mich von hinten nimmt. Würde das deinen Appetit denn noch ein wenig steigern?"

Ich kann nicht verhehlen, dass diese Ankündigung eine nicht unerhebliche Reaktion in meinem Lendenbereich auslöst. Sie führt mich wieder in den Salon, der ähnlich wie vor vier Tagen illuminiert und beschallt ist. Wieder beginnen wir mit einem sprudelnden Weingetränk und auch der Blaser schafft es diesmal nicht, längere Zeit Hannelores verführerische Schönheit zu verstecken. Es ist wunderbar erregend, wenigstens einige Minuten lang komplett angezogen sich neben ihr zu bewegen, während sie außer Straps-Gürtel, Strümpfe und High-Heels nichts trägt. Um mir den köstlichen Anblick ihres nackten Körpers länger zu gönnen, mache ich ein paar Schritte zurück, als sie auf mich zukommen will.

„Warte, warte! Welchen Wunsch hat bitte dein Mann?" Ich wehre ihre Annäherung mit beiden Händen ab. Sie lacht.

„Er will, dass du mich von hinten nimmst! Aber in deinem Zustand so geht das leider nicht mein Lieber!"

„Aber ich weiß doch gar nicht, was hinten ist, wenn du mir es nichts zeigst!"

Sie lacht immer noch, stoppt aber und dreht sich langsam um, um mir nun auch ihren knackigen Po zu zeigen. Ich trete auf sie zu, ziehe sie an mich und beginne mit meinen Händen behutsam an ihre Brüste ranzutasten. Sie hält still, dreht mir das Gesicht zu, umschmeichelt mit ihrer Wange mein Gesicht.

„Hast du denn überhaupt Lust mit mir mehr zu machen, als zu essen, wie ich eigentlich erwartet habe?"

„Und ob?"

„Sagst du das bloß mir zu liebe oder kannst du es beweisen?"

Sie lacht auf.

„Vergewissere dich doch einfach selbst? Allein der Gedanke, dich von hinten in mich eindringen zu spüren, verwandelt meine Liebesenklave in einen freudigen Springbrunnen!"

Und als wolle sie nicht länger auf die Beweisführung warten, lenkt sie meine Hand über ihren Venushügel genau ins Zentrum ihres Verlangen. Es ist ein leichtes für meine Finger zwischen ihre Schamlippen zu schlüpfen und in den sprudelnden Lustnektar einzutauchen. Schon bei der ersten Berührung ihrer Perle, erzittert sie, als hätte ich sie unter Strom gesetzt. Ihr Lachen wird übergangslos von einem stöhnendem „Jaaahh" abgelöst. Sie verliert ihre Standfestigkeit und ergibt sich wehrlos in meine Arme. Ich genieße es, sie ihre nackte Wehrlosigkeit spüren zu lassen. Ich spiele an ihrer Klitoris, taste mich fast schwimmend zwischen ihren Schamlippen an ihren Höhleneingang, umgarne ihn, und mache mich wieder zurück an ihren elektrisierenden Lustknopf. Ich merke, dass ihre Knie zu zittern beginnen. Ihr Versuch mir die Hose zu öffnen scheitert spätestens, als ich meine frei Hand an ihren Busen führe und sanft damit beginne mit Zeigefinger und Daumen einen ihrer Nippel zu massieren. Wohlwissend, wie ungezügelt sie selbst mit den vorwitzigen Brustspitzen umgegangen ist, erhöhe ich den Druck sowohl an der Brustwarze, als auch meine überschwemmten Fingerspiele an ihrer Lustperle. Ihr Gurgeln und ihr lustvolles Jammern und vor allem ihr außer Kontrolle geratenes Zittern deuten an, dass sie nicht mehr lange braucht, um in einen ersten orgastischen Strudel zu geraten. Scheinbar gefällt ihr auch die Stellung im Stehen und da es soweit ist, schiebt sie ihre Hüften nach vorne und versucht mit allen Mitteln meine Finger noch weiter in ihr Lustzentrum zu pressen. Ich komme ihr entgegen und lasse meine Finger immer fester über ihre überquellenden Lustknopf flutschen. Sie beginnt mit kurzen spitzen Schreien mir ihren Orgasmus anzumelden. Ich versuche jede Unterbrechung zu vermeiden, zwirble ihren Nippel und bearbeite ihre überlaufende Spalte bis sie sich windend in meinem Armen dem nun Unausweichlichen ergibt. Sie schreit ihr „Jaaah" in den Salon. Ich spüre, dass sie keine Bodenhaftung mehr besitzt. Ich bin derjenige, der ihren nackten und befriedigten Körper aufrecht hält. Die heftigen Wellenbewegungen von Bauch und Brust zeugen von dem gerade erlebten Wirbelsturm unter dieser makellosen Haut.

Ich mache ein paar Schritte auf die Couch zu. Sie unterstützt mich leidlich dabei mit ein paar tapsigen Beinbewegungen. Dann lege ich sie sachte bäuchlings auf die Couch. Ich beuge mich zu ihre hinab und küsse ihren Po. Bevor ich mich anschicke, mich meiner Kleider zu entledigen, streichle ich die knackigen Backen ihres Hinterns und beginne sie mit kräftigem Griff ein bisschen zu kneten.

Es ist Zeit meinem Zepter etwas Luft zu verschaffen, denn langsam wird meine Hose für ihn zu eng. Als ich mich umdrehe und meinen Gürtel öffne, sitzt keine zwei Meter von mir entfernt Hannelores Mann, wieder mit dem offenen schwarzen Seidenmantel. Er lächelt mir kopfnickend zu, während er seinen steifen Schaft gleichmäßig von oben nach unten massiert. Ich schlüpfe aus meiner Hose und lass mich neben Hannelore nieder. Immer noch auf dem Bauch liegend sieht sie mich fast entschuldigend an und ich bemerke, dass ihr Arm sich den Weg unter ihren Körper gesucht hat und ihre Finger sich spielend zwischen ihren Schamlippen eingenistet haben.

„Du musst dich künftig schneller ausziehen! So eine lange Pause halte ich nicht aus. Jetzt komm. Lass mich nicht warten!"

Mit der anderen Hand tastet sie sich an meinen steifen Schwanz. Und sendet mir einen zufriedenen oder sogar anerkennenden Blick, als sie ihn festumklammert in der Hand hält.

Ich entziehe mich ihrer handwarmen Kontrolle ziehe ihre Beine in eine etwas andere Position, damit ihrem

Mann der Blick auf das von ihm begehrte auch nicht verwehrt bleibt. Ich knie mich zwischen ihre gespreizten Beine, fasse ihre Hüften und ziehe sie langsam nach oben. Hannelore stemmt ihren Oberkörper etwas nach oben und legt ihren Oberkörper auf den Unterarmen ab. Mir präsentiert sich ein unbeschreiblich geiles Bild. Unter ihren prächtigen Pobacken steht ihre Liebesmuschel rosarot schimmernd sperrangelweit offen, um mein schwingendes Lustzepter aufzunehmen. Ungeduld erfasst mich, da mir bewusst ist, dass dieser Augenschmaus sein Übriges tun wird, um mich in kürzester Zeit in eine unkontrollierte Hemmungslosigkeit zu versetzen.

Schon beim ersten Anklopfen scheine ich Hannelores Dämme zu brechen. Sie quietscht und japst in den allerhöchsten Tönen und bringt uns in ihrer Ungeduld immer wieder aus dem Rhythmus. Mit einem festen fast gekrallten Griff seitlich in ihre beiden Pobacken gebiete ich ihr stillzuhalten, um sich meinem Rhythmus zu unterwerfen. Ich stoße zu, erwarte ihr wollüstiges Stöhnen und stoße dann erst das nächste Mal. Bei jedem Mal verkürze ich die Stoßzeit. Lange halte ich es nicht aus. Und als ich merke, dass mein Orgasmus nicht mehr auf sich warten lässt, hämmere ich ihr ohne Pause meinen Schwanz in ihre unkontrolliert sprudelnde Lustgrotte. Hannelores Schreie lassen keinen anderen Laut mehr neben sich zu und geben auch mir keine Chance der Zurückhaltung mehr. Der Orgasmus überschlägt sich in mir. Im Gefühl, Hannelore abzufüllen, ergieße ich mich vollkommen und spüre meinen pulsierenden Luststab in ihrer warmen Liebeshütte. Ich verweile. Sie hält still. Nach einigen krampfgeschüttelten Genussminuten lasse ich mich langsam auf ihren Rücken nieder. Auch sie schiebt die Beine unter mir in die Waagrechte. Mit meinem ganzen Gewicht bedecke ich ihren Körper. Gesicht auf Gesicht liegen wir übereinander.

Beide blicken wir in Richtung ihres Mannes, der gerade wieder dabei ist, mit einem Tuch seinen Penis zu reinigen. Wie vor vier Tagen tut er dies offenbar mit sehr viel Sorgfalt und einer ihm eigenen Eleganz. Das Tuch legt er wieder in die Silberschale. Wieder dreht er sich lächelnd zu uns, nickt mit einem wohlwollendem Blick und verlässt den Salon.

„ Er ist zufrieden!" sagt sie.

„Und du? Bist du zufrieden? Lange hat das ja heute nicht gedauert?"

„Oh, ich kann nicht klagen! Du bist einfach wunderbar!"

„Wie kannst du das sagen, du hast ja gar keinen Vergleich, wenn ich das richtig sehe, oder?"

„Was brauche ich einen Vergleich! Du tust mir gut, du tust ihm gut, mehr will ich nicht!"

„Aber es war sehr kurz heute oder etwa nicht?"

„Du musst ja jetzt nicht gleich aufstehen. Ich genieße es, deine Haut zu spüren. Allein das ist eine rein Wonne. Und wenn mein zweimal Kommen zu wenig ist, dann muss ich ja fast Angst haben, wenn du öfter hier aufkreuzt."

Ich küsse sie und rolle mich an ihre Seite.

Eine Stunde später sitzen wir zu dritt im Wintergarten des Hauses. Tatsächlich stehen Seelen auf dem Tisch und eine sehr fein angerichtete Platte mit Käse, ein Holzbrett mit feingeschnittenen Parmaschinken und eine Glasschale mit schwarzen und grünen Oliven. Ihr Mann sitzt mir in seiner noblen Freizeitbekleidung gegenüber. Auch ich bin wieder komplett angezogen. Nur Hannelore trägt lediglich ihren schwarzen Blaser und lässt es zu, dass sowohl mir, als auch ihrem Mann ab und zu einer ihrer neugierigen Nippel entgegen spitzt.

„Du hast meiner Frau erzählt, dass du mit deiner Freundin schon mal in einem Swingerclub warst. Ist das richtig?"

„Ja, das stimmt. Wir wollten es mal ausprobieren. Vor allem wollten wir anderen zusehen."

„Und, hat es euch gefallen?"

„Nun ja, es war durchaus anregend. Nicht alles, aber einiges hat uns schon angeturnt!"

„Seid ihr aktiv gewesen oder habt ihr nur zugesehen?" Ihr Mann scheint sehr interessiert zu sein an den Aktivitäten in einem Swingerclub.

„Wir haben uns schon scharf machen lassen und es dann auch miteinander gemacht. Doch, doch, wir waren auch aktiv!"

„Habt ihr euch zurückgezogen, als ihr es miteinander gemacht habt oder haben euch andere dabei zugesehen?"

„Nein, nein, wir habe es schon auf der Spielwiese miteinander gemacht. Das war schon ein besonderer Kick, denn neben uns haben es auch zwei junge Pärchen miteinander mit ‚Bäumchen-wechsle-dich' richtig krachen lassen. Das war schon geil."

„Und haben auch andere zugesehen?" Ihr Mann lässt nicht locker.

„Ja schon. Da waren nicht wenige, die sich zum Teil auf der Liegewiese platziert hatten oder auch rings rumgestanden sind."

„Du fragst dich vielleicht, warum ich so neugierig bin." Er sieht lächelnd zu mir rüber.

„Naja, nachdem wir zwei so ungewöhnlich erotische Abende gemeinsam hinter uns haben, hält sich meine Verwunderung in Grenzen. Ich denke, wir haben nichts mehr zu verbergen vor einander, oder."

Hannelore lacht und auch er schmunzelt.

„Da hast du recht. Aber warum ich das Thema so ausbreite hat einen Grund."

„Okay, ich höre?"

„Weißt du, nicht jeder kann so unbeeindruckt wie du Sex haben, wenn ihm andere dabei zusehen. Und ich gebe zu, es ist ein reiner Genuss euch beiden zuzusehen. Wenn du nichts dagegen hast, würde ich dich gerne öfter in diesem Hause zu Gast haben."

„Dagegen habe ich nichts. Mit deiner Frau macht es wirklich außerordentlich Freude und wenn ich dich damit nicht in die Eifersucht treibe, komme ich immer wieder gerne. Auch nicht nur zum Sex."

„Oh, das ist schön zu hören!" Wieder sieht er mich in einer eher neugierigen Art an.

„Würde es dir denn etwas ausmachen, wenn nicht nur ich euch beim Sex zusehe?"

Hannelore zeigt Überraschung, indem sie ihre Augen ziemlich groß aufreißt und ihren Mann ansieht. Ein anerkennendes Lächeln kann sie dabei aber nicht verstecken.

„Sie meinen eine Swinger Party hier im Haus?"

Er lacht kurz auf. „Nein, so meine ich das nicht." Er schüttelt leicht mit dem Kopf.

„Nein, Bernd, nur ein kleiner, ein sehr, sehr kleiner Kreis. Zwei Personen mehr. Würde dich das stören?"

„Zusehen oder mitmachen? Ich möchte das Verhältnis zu deiner Frau so wie es ist bewahren." Ich sehe zu ihr rüber. „Auf eine weitere Beziehung möchte ich mich eigentlich nicht einlassen." Fast komme ich mir entschuldigend vor, weil mir die von mir angedeutete Nähe zu Hannelore vielleicht zu anmaßend erscheint. „Nein, es geht wirklich nur ums Zusehen. Nicht ums Mitmachen. Wäre das für dich okay?"

„Damit habe ich kein Problem ! Du Hannelore?"

Hannelore lacht. „Nein Bernd, ich habe damit auch kein Problem."

Zu ihrem Mann gewandt, fährt sie fort: „Ich nehme an es geht um Wulff und Carla, oder?"

„Ja, mein Schatz!" Zu mir gewandt ergänzt er: „Wulff ist mein Bruder und Carla seine Frau."

Hannelore unterbricht ihn.

„Du kennst die beiden von der Party am Samstag. Dass Wulff der Bruder meines Mannes ist, ist nicht zu übersehen. Und Carla hast du sicher nicht überhört, das ist die große Schwarzhaarige. Sie war nicht zu übersehen am Samstag."

Ich nicke. Ja ich habe von beiden sofort ein Bild vor meinen Augen.

„Hast du denn am Samstag noch einmal Zeit? Die beiden kommen aus Hannover, sind im Moment hier und in der Osternacht bei uns."

„Bisher habe ich noch nichts anderes geplant. Warum nicht. Wenn es dir nicht zu viel ist Hannelore, komme ich gerne."

„Mir bist du nicht zu viel und dir Erik doch auch nicht, oder?

Ihr Mann schüttelt den Kopf. „Nein, es würde mich sogar sehr freuen."

Es ist Mitternacht, als ich mich von Hannelore und Erik verabschiede und mich auf den Weg nachhause mache.

5. Die Osternacht

‚Lady in red!' In ihrem feuerroten Kimono, der passenden Seidenhose und gleichfarbigen High-Heels-Sandaletten steht Hannelore in der Türe. Ihre blonden Haare umschmeicheln ihr Gesicht, dass mich mit ihren großen hellen Augen anstrahlt.

„Komm rein, schön dass du da bist!" Sie schließt die Türe, umarmt mich und küsst mich sehr leidenschaftlich, so dass es unsere Zungen sich nicht verweigern, bereits hier in der Eingangshalle auf Entdeckungsreise in fremdes, aber längst nicht mehr unbekanntes Terrain zu gehen. Da ich meine Hände nicht stillhalten kann, scannen meine Finger dabei fast wie selbstverständlich, dass Hannelore wohl keinen Anlass sah, unter den beiden kühlen Seidenteilen ihren Körper auch nur teilweise hinter weiteren Textilien zu verstecken.

Im Salon gibt es eine kleine Veränderung. Neben dem Ohrensessel ihres Mannes ist ein dunkler Holzstuhl mit Armlehnen und ein weiterer Stuhl der gleichen Bauart, aber ohne Armlehnen platziert. Der Beistelltisch hat ein Pendant neben diesem Stuhl gefunden. Wie an den beiden anderen Tagen ist die Illumination einer beeindruckenden Zahl von Kerzen vorbehalten. Auch schwebt der sanfte Laut von klassischer Musik im Raum. Oboenkonzerte, ob Mozart, Haydn oder Bach, ich vermag den Unterschied nicht zu erkennen. Der Sekt ist prickelnd, erfrischend gut und trägt sicherlich dazu bei, der Erotik ein besonderes Ausrufezeichen zu verleihen.

Auch wenn Hannelore und ich uns verbal zuerst einem lokalpolitischen Aufreger widmen, lässt sie sich nicht davon abhalten, mich dabei Stück für Stück meiner Kleider zu entledigen. Und tatsächlich ist diesmal sie diejenige, die mich zuerst nackt sieht und sich trotz politischer Restargumentation genüsslich zu meinem nicht zu übersehenden, hochaufgerichteten Liebesspeer hinunter zu beugen. Sie hält ihn ehrfürchtig betrachtend in den Händen, um nach ihren letzten gewichtigen Worten, ihre schmollenden Lippe über meine Eichel zu stülpen. Der flüchtig geknotete Kimonogürtel hält selbst ihr Bücken nicht aus und löste sich allein durch die natürliche Schwerkraft. Es ist lediglich ein leichter Schups, den ich der roten Seide mitgeben muss, um damit ihren Rücken und auch ihren prächtigen Busen freizulegen. Die Ärmel verhindern die totale Befreiung. Hannelore hilft durch das abwechselnde Schütteln ihrer beiden Arme jedoch unverzüglich nach. In kleinen Schritten, stets darauf bedacht, dass sie nicht genötigt wird, mein gutes Stück aus ihrer oralen Behandlung zu entlassen, bugsiere ich sie behutsam in Richtung Couch. Ich setze mich und drücke ihren Kopf dabei gegen meine Lende. Ihren Versuch, sich nun zwischen meine Beine zu knien, verzögere ich einige Augenblicke und lege mit einem kleinen Handstreich auch den Rest ihres Körpers frei. Die rote Seide ihrer Hose gibt ihre verdeckten Köstlichkeiten mit einem beängstigend raschen Runterrutschen frei. Nun kniet sie zwischen meinen Beinen, saugt, massiert und reibt an meinem Schwanz und meinem Sack. Mit sichtlichem Vergnügen scheint sie mich auf Hochtouren bringen zu wollen. Ich bleibe nicht untätig und taste nach ihren prallen Äpfeln und beginne sie zu kneten. Sobald ich einen der steinharten Nippel zu zwirbeln beginne, merke ich, dass sie das Spiel an meiner Flöte intensiviert. Nach einer Weile mahne ich sie aber doch, ihre Ungeduld zu zügeln. Ich ziehe sie zu mir hoch auf die Couch und betrachte neben ihr liegend ihren dargebotenen Körper. Der leidenschaftlich Kuss auf ihren wie immer lachenden Mund, schickt mich anschließend auf die Reise über Berg und Tal dieser verführerischen Landschaft. Finger, Lippen und Zunge beginnen Stück für Stück dieser zartbrauner Haut die Wollust zu entlocken. Ihr Schnaufen, ihr Japsen und ihr Gurren könnten mich glatt in die Sphären des tropischen Regenwaldes versetzen. Das Eintauchen meiner Zunge in ihr Tal der Lüsternheit führt zu einer erhöhten Melodie aus ihrer Kehle.

Trotzdem kann ihr Lustgesang die Wahrnehmung nicht übertönen, dass im Salon Bewegung aufgekommen ist, der mit meinem Zungenspiel und Hannelores Lust nicht viel gemein hat. Der Versuch die Nebengeräusche auszublenden, gelingt mir zunächst zwar nicht, Hannelores nicht nachlassende Nektarquelle lenkt meine Sinne aber unverzüglich wieder auf Wesentliche dieses Abends und weg von den ablenkenden Nebensächlichkeiten. Tief aus ihrer Höhle schaufle ich mit meiner Zunge wie aus einem Füllhorn den nach Lust schmeckenden Liebestrunk. Ihr Japsen hat sich längst den Klängen der Oboe angeschlossen und mit jeder Rückkehr auf ihr kleines rotgeschwollenes Lustbonbon wird ihre Melodie zum zitternder Tremolo. Ich merke, dass ich nun in aller Kürze in die große Orchestrierung der Lustsymphonie heben werde. Und beginne ihre Klitoris dem Trommelwirbel meiner Zunge zu unterwerfen. Es bedarf nur wenige Paukenschläge um Hannelore in ein immer lauterwerdendes Crescendo zu treiben. Es ist nahezu eine Explosion die sich in ihr löst und meinen Kopf in eine beklemmende Situation zwischen ihre Schenkeln bringt. Fast schwebt ihr Körper für Momente über der Couch und ihr Schrei hallt zitternd durch den Salon. Heftig schnaufend, ja fast nach Luft japsend schlagen Bauch, Busen und Unterleib heftige Wogen auf der weichen Decke. Ich entziehe mich jeglicher Berührung von Hannelores Körper und betrachte das sich beruhigende Decrescendo ihres Lustkonzertes. Es ist ein Genuss, die gewollte Hilflosigkeit dieses betörenden Aktes zu betrachten. Ein Opus nicht zum Sattsehen.

Wie lange ich in der verzaubernde Lustbarkeit Hannelores versunken geblieben bin, ist mir nicht bewusst. Allein der Blick in den Salon bringt mich in die Wirklichkeit zurück und lässt mich erkennen, dass drei weitere Genießer Hannelores Zauber erlegen sind. Hannelores Mann sitzt großäugig, schwer atmend in seinem Ohrensessel, beide Arme auf den Lehnen und genießt offensichtlich im Endstadium sich von seinem Bruder Wulff sein hochaufgerichtetes Glied massieren zu lassen. Nach vorne übergebeugt sitzt Wulff nur halb auf der Sitzfläche seines Stuhles, während er mit der anderen Hand an seinem eigenen Liebestab heftig zu Gange ist. Auch er scheint nicht mehr weit von seinem Lusterfolg entfernt zu sein. Wobei sein Augenmerk nicht unserem Spiel auf der Couch, sondern viel mehr dem Zepter seines Bruders gilt.

Faszinierend für mich ist allerdings das Bild, das Carla auf ihrem Stuhl abgibt. Carlas nur mit silbernen High-Heels bekleideter Körper lässt an Weiblichkeit nicht zu wünschen übrig. Ihr nettes Gesicht ist im Moment zwar von einem Schlafzimmerblick in unsere

Richtung etwas dominiert, doch ansonsten bietet sie mir die gesamte Klaviatur erotischer Weiblichkeit. Ihre mächtigen Brüste haben trotz ihrer sicherlich fünf Jahrzehnte ihre Spannkraft nicht verloren und strecken aus großen dunkelrosa Höfen zwei imposante Nippel an die Front. Um ihre Taille und Hüfte hat sie sicher das ein oder andere Kilo zu viel, ohne damit dick aufzutragen. Ihre weitgespreizten feisten Schenkel lassen mir einen einladenden Blick auf ein haarlose rosafleischig glänzende Vulva zu, die sie ausführlich mit den Fingern ihrer Hand bearbeitet. Gekonnt drückt sie mit Daumen und Mittelfinger ihre Schamlippen auseinander und umspielt mit dem Zeigefinger ihre prächtig angeschwollene Lustperle. Mir ist nicht klar, ob Hannelores sprudelnde Lustquelle oder aber mein steifgespannter Penis die voyeuristische Faszination der drei sich Befriedigenden auslöst. Ihr Wohlgefallen scheinen wir aber sicher zu haben.

Ich beuge mich zu Hannelore hinunter, küsse sie und streichle mit der Hand über ihren Busen.

„Nimm mich bitte jetzt. Bitte!"

Sie sieht mich beinahe flehend an. Ich muss lächeln. Dann drehe ich sie zur Seite, sodass sie die gierigen Augen unserer Zuschauer gut im Sichtfeld hat. Dann lege ich ihr oberes Bein abgewinkelt nach vorne und setze mich auf die Innenseite ihres anderen Oberschenkels. Henri Matisse hätte seine Freude gehabt an der mäandernden Stellung dieser bildschönen Frau. Ihre feste Wade, die straffen Oberschenkel, die formschöne Rundung ihrer Pobacke, die kugelrunden Brüste, die über den Kopf gelegten Arme und ihre aufgeblasenen Backen, als ich meinen Lustspeer langsam seitlich in sie gleiten lasse. Gleiten, ihre einladend feuchte Liebesspalte lässt nichts anderes als ein Gleiten zu und verlangt keinerlei Anstrengung von mir. Sie schnauft deutlich vernehmbar für alle, als ich mich bis zum Anschlag in sie versenke. Den neugierigen Augen bleibt der Blick auf ihren knackigen Po und der sich mir bietenden rosaroten Pforte verborgen. Sie ergötzen sich an meinem immer wieder aus ihr herausgezogenen Zepter, der ihnen zumindest einen kleinen Leckerbissen ihres schimmernden Nektars verrät. Vielleicht gilt ihr Interesse auch den beiden auf- und abwiegenden kugelgleichen Brüsten, die sich dem Rhythmus meiner Stöße synchron anpassen. Hannelores Stöhnen wird zur Melodie, die aber immer wieder von den grunzenden Dissonanzen der sich Befriedigenden gestört werden. Ich verharre in Hannelores Lusthöhle, als ihr Mann uns unverkennbar hören lässt, dass die Hand seines Bruders einen spritzenden Erfolg vermelden kann. Während Hannelore und ich unvermittelt zu Zuschauern werden, kommt Unruhe in das Bild der Wichsenden. Ihr Mann löst seinen Bruder am eigenen Schaft ab, verharrt einige Zeit mit dem Blick auf seine mit den Fingern zugepresste Eichel, während Carla ihren Mann an seinem Schwanz ablöst und ihn kräftig zwischen ihren Fingern in die Mangel nimmt. Erik steht auf und reinigt sich zeremoniell wie immer seinen Penis, um dann seinem Bruder zuzusehen, wie er sich unter der Hand seiner Frau seinem explodierenden Steifen ergibt. Grunzend und knurrend vollführt er fast spastische Bewegungen auf seinem Stuhl, denen Carla mit einer festen Umklammerung seines Luststempels zu folgen versucht. Als Wulff langsam zur Ruhe kommt, übernimmt er sein Zepter von Carla, die aufsteht und nun bei Wulff eine ähnliche Reinigungszeremonie beginnt, wie Erik sich die selbst bereitet hat. Beide, Erik und Wulff sehen ihr ebenso wie Hannelore und ich gespannt zu, wie sie sich liebevoll dem erschaffenden Schwanz ihres Mannes widmet. Die beiden Männer stehen auf und verlassen uns zufrieden zunickend den Salon.

Carla dreht sich zu uns.

„Verzeiht, wenn ich mich noch nicht zurückziehe. Darf ich euch noch etwas zusehen, meine Möse verlangt noch ein bisschen mehr!"

Hannelore lacht und auch ich kann mir ein Grinsen nicht verkneifen. Während ich mich wieder langsam in Hannelore versenke, ihr damit ein erwartungsvolles „Jaaah!" entlocke, setzt Carla sich wieder auf ihren Stuhl, spreizt ihre properen Schenkel und beginnt mit geübten Griff erneut das Spiel an ihrer noch feuchtglitzernden Lustspalte. Es klingt fast wie ein Duett, in das die beiden Frauen einstimmen. Hannelore ergibt sich dem geschmeidigen Rein- und Rausgleiten meiner pulsierenden Rute und Carlas Finger sind es, die sie in die Höhen japsender Töne treiben. Es fällt mir schwer, mich auf beide Bilder zu konzentrieren, die mir geboten werden und Hannelores Jammern lässt mich wissen, dass mich das orgastische Schauspiel Carlas feisten Weiblichkeit doch zu sehr von Hannelores Zauber ablenkt.

Auch sie hebt nun leicht den Kopf an und stützt sich mit dem Ellenbogen auf, um Carlas eruptierenden Orgasmus-Vulkan zu genießen. Carlas Melodie ist zu einem einzigen lauten Schrei mutiert. Ihre Finger fegen in kaum zu folgender Geschwindigkeit durch ihren klatschnassen Rosengarten. Sie schiebt ihren Hintern fast an den Rand der Sitzfläche mit dem vergeblichen Versuch ihre Schenkel noch weiter zu spreizen. Dann scheint sie wie vom Blitz getroffen mit einem weiteren Schrei ihren Zenit übersprungen zu haben. Sie setzt sich hoch, zieht tief Luft in ihren mächtigen Oberkörper und streckt dabei ihre prallen Brüste erhebend in unsere Richtung. Unvermittelt flutschen zwei ihrer Finger in ihre tropfende Höhle und verweilen dort. Sie hat die Augen geschlossen, lässt laut atmend ihren Busen zu den Wellen ihres Körpers tanzen und ergibt sich mit einem langen zufriedenen Schnaufer offensichtlich ihrer Befriedigung.

Sie steht auf, tritt an den kleinen Beistelltisch und beginnt nun ihre Reinigungszeremonie, während sie uns ihre imposante Rückseite präsentiert.

„Ist das nicht ein Prachthintern?" Hannelore sieht grinsend zu mir hoch. „Der ist ganz nach deinem Geschmack! Das spüre ich deutlich!"

Carla dreht sich lachend um.

„Der ist auch der Teil an mir, der Wulff auch ab und an interessiert!" Nackt wie sie ist, kommt sie zu uns an die Couch und setzt sich.

„Aha?" Hannelore scheint überrascht.

„Ja, Wulff nennt ihn sogar etwas derber als du ‚Prachtarsch!' und es macht ihm Spaß sich auf ihm auszuleben?"

„Wie bitte?" Scheinbar verrät Carla ihrer Schwägerin erstaunliche Neuigkeiten.

„Mhm, manchmal erregt er sich dabei, mir diesen Prachtarsch zu versohlen! Er hat dazu sogar einen eigenen Spanking-Bock gebaut. Aus einer alten Kirchenbank. Er hat sie mit Leder gepolstert und Vorrichtungen angebracht um mich zu fixieren. Aber das ist gar nicht notwendig."

„Was macht er da mit dir?" Hannelore ist jetzt so Ohr, dass sie sich sogar mir entzieht und sich aufsetzt.

„Naja, ich knie mich auf die Sitzbank, lehne mich über die gepolsterte Gebetsbuchfläche, beuge mich nach unten, lasse diese beiden schön baumeln", dabei nimmt sie ihre prächtigen Brüste in beide Hände und präsentiert sie uns wie reife Früchte, „und halte mich mit meinen Armen am Kniebrett fest. Sowohl auf der Sitzfläche, als auch am Kniebrett hat er Abstandsbrettchen angebracht, so dass er mich in voller Pracht im Blick hat. Dann versohlt er mir das Prachtteil mit den Händen solange, bis er kommt."

„Und das ist für dich okay?"

„Und wie! Das macht mich sowas von geil! Ihr könnt euch das nicht vorstellen. Nach so einer Session würde jeder bretonische Austernzüchter seine helle Freude an mir haben. Eine haselnussgroße Perle in einer überschäumenden Vinaigrette! Ich stünde jedes Mal zum ausschlürfen bereit! Nur hat er daran nun wieder überhaupt kein Interesse."

Carla fährt dabei über Hannelores Bauch taucht kurz mit dem Zeigefinger leicht in ihre nasse Spalte und schleckt den Finger dann genüsslich ab.

„So, nun lass ich euch allein. Vielleicht bekomme ich ja noch ein wenig von unseren Männern zu sehen. Auch das kann mich ja noch einmal heute Nacht in die Bretagne locken."

Sie gibt Hannelore einen Klaps auf ihren Schenkel und verlässt dann stolzen Schrittes auf ihren hochhackigen Silbersandalen den Salon.

Es ist die erste komplette Nacht, die ich in dieser Villa mit Hannelore verbringe. Ihr Schlafzimmer, sagt sie ist belegt, so suchen wir nach einer sehr intensiven Beschäftigung mit unserer Hüllenlosigkeit auf der Couch ein geräumiges Gästezimmer auf. Im französischen Bett dort, ist aber bis in den Ostermorgen nicht an Schlaf zu denken. Das anschließende Frühstück zu fünft sollte der Anfang sein, mein Leben komplett auf den Kopf zu stellen.

Epilog

6. Ostermontag

Noch im laufenden Jahr werde ich, Bernhard von Carlstein das siebte Jahrzehnt meines Lebens beginnen. Erik und Hannelore von Carlstein haben mich zu meinem dreißigsten Geburtstag adoptiert. All die Jahre mit Hannelore waren paradiesisch und viele Jahre auch nach dem Geschmack ihres Mannes. Es gab viele weitere Seelenessen und Osternächte zu fünft. Und natürlich ließen Hannelore und ich uns Carlas Einladung nicht entgehen, bei einer ihrer Kirchenbankbehandlung zuzusehen.

Nachdem Erik gestorben war, bestand Hannelore darauf, dass ihr ‚Adoptivsohn‘ standesgemäß unter die Haube gehöre. Gerne folgte ich ihr und heiratete meine Freundin Iris, die mich seit vielen Jahren freundschaftlich begleitet hat und über Hannelore und mich bis ins Detail Bescheid wusste. Hannelore und sie waren auch längst sehr enge Freundinnen geworden und beide hatten kein Problem damit, vor einander die Hüllen fallen zu lassen.

Hannelore blieb bis ins hohe Alter eine sehr agile und umtriebige Frau, die bei allen in unserer Stadt hochgeschätzt war.

Agil und aktiv war sie nicht nur bei ihren öffentlichen Aktivitäten. Sie war es auch in unserem Bett. Und das nicht nur als Zuschauerin.

Wie sagte sie gerne und wie immer lachend: „Adel verpflichtet!"

Mareike

Mareike und ich sitzen -jede einen Becher Kaffee in der Hand- auf meiner Terrasse und genießen die warmen Strahlen der Frühlingssonne. Wir sind beide in unsere Morgenmäntel gekuschelt noch nicht angezogen und weder gewaschen, noch geschminkt. Mareike ist gestern erst angekommen und im Moment schwelgen wir schweigend in den Erinnerungen der vergangenen Nacht.

Ich kenne Mareike nun schon seit vierzehn Jahren. Es war ein Schüleraustauschprogramm unserer Partnerschulen in Kopenhagen, das mich in den Sommerferien vor meinem Abiturjahr in die dänische Hauptstadt verschlug. Mareike war meine persönliche Kontaktschülerin und selbstverständlich verbrachte ich die vier Wochen meines Aufenthaltes in Mareikes Familie. Wir hatten schon das ganze Schuljahr lang Briefkontakt und ich war sehr gespannt darauf, meine Brieffreundin live zu erleben. Wir verstanden uns vom ersten Moment an und hatten viel Spaß zusammen. Dass Mareike eine so fundamentale Rolle in meinem Leben spielen würde, kam mir damals natürlich noch nicht in den Sinn. Als naive Achtzehnjährige aus einem kleinen Dorf traf ich auf ein Großstadtmädchen, das zwar genauso alt war, wie ich, mir aber vor allem in Sachen Feiern, Jungs, Liebe und vor allem

Sex um einiges voraus war. Überraschend für mich war allerdings, auf welchem beengten Raum Mareikes Familie lebte. Während ich ein geräumiges Einfamilienhaus als Zuhause kannte, lebte Mareikes Familie in einem kleinen rot geklinkerten Reihenhaus, in dem eigentlich für Gäste kein Platz war. Dass ich mit Mareike in einem Zimmer zu schlafen hatte, war letztlich aber nur in den ersten Minuten ein Problem für mich. Wir verstanden uns auf Anhieb so gut, dass wir diese Nähe sehr schnell für uns entdeckten. Mareike hatte überhaupt kein Problem damit, sich vor mir zu entkleiden. Ich war damals eher noch die prüde Landpomeranze und tat mich mit Mareikes Freizügigkeit zunächst etwas schwer. So habe ich wohl beim Ausziehen meinen Blick etwas zu erstaunt und zu lang auf ihren blankrasierten Venushügel verweilen lassen. Dort, wo bei mir ein wildwuchernder schwarzer Muff alles von meiner Spalte verdeckte, konnte ich bei Mareike freiliegend die schönen rosa Schamlippen bewundern.

Mareike lachte damals, als sie meine erstaunten Blicke sah. „Du bist nicht rasiert. Weißt du wie toll das ist, wenn die Haare da unten weg sind? Die Jungs lieben das und ich auch. Jede Berührung fühlt sich viel intensiver an." Dann flüstert sie lächelnd: „Und es macht dich auch viel geiler!"

„Ich habe noch nie mit einem Jungen…!" Ich glaube ich bin damals ziemlich rot geworden. Mareike spottete nicht mit einem Wort über mein Bekenntnis. Im Gegenteil, sie gab mir ein Gefühl von Achtung.

„Es ist nicht nur wegen der Jungs, Evi, auch wenn du es dir selber machst ist es ein geiles Gefühl, wenn sich deine Finger nicht zu erst durch diesen Urwald kämpfen müssen. Außerdem sind die Harre ja danach immer nass und so ganz trocken bekommst du sie nie gleich."

„Das stimmt!" Es war mir überhaupt nicht peinlich, mit Mareike schon am ersten Abend so intim zu reden.

„Und den Föhn willst du ja auch nicht jedes Mal anstecken!"

„Uuh, das wäre peinlich!" Ich lache.

„Genau, hier würde selbst mein Bruder dann immer wissen: Jetzt hat sie sich `s wieder selbstgemacht! Da kannst du noch so leise deinen Orgasmus zügeln, wenn der Föhn angeht, weiß das ganze Haus Bescheid!"

Wir lagen schon bei gelöschtem Licht nebeneinander im Bett, Mareike nahm meine Hand, ließ mich mit meinen Fingern über ihren Schamhügel streicheln, öffnete ihre Schenkel, sodass ich auch ihre enthaarte Furche erkunden konnte. Natürlich blieb mir dabei nicht verborgen, dass sich bei ihr durch unser Reden ein Bächlein aktiviert hat.

„Du solltest das auch mal ausprobieren, Evi! Ich garantiere dir, du wirst es lieben!"

„Ich weiß nicht?", zweifelte ich, „und wenn zuhause mich dann jemand sieht…?"

„Du bist jetzt vier Wochen bei mir. Wenn du es nicht magst, wachsen die Haare wieder, bis zu heimfährst. Ist doch gerade ideal, es mal zu probieren!"

Und tatsächlich nach noch einigen Minuten Schamhaftigkeit, lag ich mit gespreizten Beinen auf dem Bett. Unter meinem Po ein Handtuch und Mareike schnitt mir zunächst mit der Schere meinen Muff ganz kurz. Sie ging so vorsichtig dabei vor, dass ich sehr schnell meine Hemmungen verlor. Immer wieder berührten ihre Finger meine Spalte und natürlich konnte ich nicht verhindern, dass mein Saft zwischen meinen Schamlippen hervorperlte. Immer wenn Mareike die Schere von meinem Körper weghielt, wusste ich bald, dass die Finger ihrer anderen Hand einen kleinen Abstecher in meine sprudelnde Furche machten. Zielstrebig suchten sie dann immer für einen kurzen Augenblick meinen kleinen Luststempel und rieben sanft daran. Ich war nahe daran laut loszuschreien, so geil war das Gefühl. Noch nie hatten sich außer meinen Händen fremde Finger an meine intimste Stelle verirrt. Ich war überwältigt. Mareike aber ließ mich zappeln. Sie holte eine Dose Rasier-schaum, massierte damit die gestutzten Haare auf meinem Vorhofhügel ein und tat desgleichen zwischen meinen Beinen. Wie sollte ich dabei ruhig bleiben. Behutsam begann sie dann mit ihrem Lady-Shaver die Haare fein säuberlich von meiner empfindlichen Haut abzuheben. Immer wieder setzte sie ab und verteilte neuen Schaum auf mein Möschen. Es war einfach zum Verrücktwerden. Mit einem warmen Waschlappen entfernte sie neben dem Schaum auch die letzten störenden Haare, die sich nicht in den Klingen des Rasierers verfangen hatten. Tupfend trocknete sie mich gründlich zwischen meinen Beinen ab, um anschließend mit einem rosenduftenden Öl sich einer ausgiebigen Massage meines freigelegten Liebesnestes zu widmen. Ihre Finger waren einfach nur himmlisch. Mareike ließ es aber nicht zu, den von mir gierig ersehnten Punkt zu überschreiten.

„Warte!", sagte sie, verräumte die Rasur-Utensilien, kam wieder ans Bett, zog sich ihr Nachthemd über den Kopf und legte sich splitternackt zu mir auf das Bett.

„Zieh du auch dein Nachthemd ganz aus und dann lang dich einfach mal an." Ich tat, wie mir geheißen und war einfach nur überwältigt.

„Man ist das geil! Boah fühlt sich das super an!"

„Weißt du was, jetzt machen wir es uns gemeinsam, bis wir kommen." Ich leistete keinen Widerstand gegen diesen Vorschlag von Mareike. Augenblicklich, trennten meine Finger meine Schamlippen und tauchten in die triefende Fut meiner Spalte. Ich massierte sofort meine gierige Lustperle und betrachtete dabei Mareikes Hand, die ihren Weg auch zwischen ihre Beine gefunden hatte. Daumen und Mittelfinger drückten ihre rosa Lippen auseinander. Während ihr Zeigefinger über ihren Kitzler tanzte. Mit der anderen Hand zwirbelte sie abwechselnd die hochaufgestellten Nippel ihrer ansehnlichen Brüste. Irgendwann legten wir unsere Beine übereinander, weil das Bett den Raum nicht für zwei gespreizte Beinpaare bot und trieben uns dem erlösenden Höhepunkt zu. Wir mussten lachen, nachdem wir uns beide den eigenen Mund zuhaltend zappelnd den Flutwellen unseres Orgasmus ergeben hatten. Noch heftig schnaufend, küssten wir uns zum ersten Mal, zogen die Bettdecke bis zum Hals, kuschelten uns eng aneinander und schliefen auch bald ein.

Das war unser Start in diese jahrelange erotische Reise und in eine tiefe Freundschaft.

„Wollen wir heute um den Stausee gehen? Das Wetter ist so schön, da ist es doch zu schade, im Haus zu versauern, oder!" Ich trinke den letzten Schluck Kaffee aus meinem Becher.

„Au fein, das macht sicher Spaß heute. Mir tut etwas Bewegung sicher gut, nachdem ich gestern nur gesessen bin." Mareike schlägt ihre Beine übereinander.

Ihr Morgenmantel rutscht nach hinten und gibt ihre schönen lange Beinen meinem Blick frei. Sie zieht den Stoff auch nicht nach vorne, als dieser mehr als eigentlich geplant von ihrem Körper freigibt und ihren Schoß nun auch der Morgensonne aussetzt. Mareike hat eine wunderbare Figur und wie all die Jahre haben wir uns gleich in der ersten Nacht nach ihrer Ankunft gegenseitig über unsere Brüste und unsere nassen Mösen hergemacht. Nach unserer Nacht damals in Kopenhagen waren wir uns darüber einig, dass wir uns solange unsere Freundschaft hält den Genuss der gegenseitigen Befriedigung nicht nehmen lassen werden. Weder ich, noch Mareike sind eigentlich lesbisch. Sowohl sie als auch ich hatten auch noch nie etwas mit einer anderen Frau. Ich bin zwar seit einigen Monaten solo, aber auch in den Jahren mit Fred, waren die jährlichen Treffen mit Mareike eine Selbstverständlichkeit, zu dem ich mir jede Diskussion verbat. Mareike lebt seit Jahren mit Jörn zusammen. In ihrer Freizügigkeit im Denken und Handeln ist unsere

Beziehung ebenfalls ein fester Bestandteil unserer Freundschaft.

„Untreu bin ich ihm nicht!", sagt Mareike, „Er kann sich darauf verlassen, dass ich mit ihm Kinder haben möchte und auch alt werde möchte. Allerdings geht das nur, wenn er mich meine Lust auch leben lässt. Sonst hat er ein Problem und ich fände eine Trennung wirklich schade, denn er ist ein wirklich toller Kerl. Ich liebe ihn und würde ihn sehr ungern ziehen lassen."
Sie schwärmt wirklich sehr von Jörn und ich kenne ihn ja nun auch schon einige Jahre und freue mich für Mareike, dass sie so einen feinen Menschen an ihrer Seite hat.

Sie zwinkert mit ihren großen blauen Augen. „Wenn Jörn mich so sehen würde," sie sieht an sich herunter, inzwischen ist auch ihr Busen nicht mehr von ihrem Morgenmantel bedeckt, „würde er mich auf der Stelle hier vernaschen!"
„Meinst du?"
„Garantiert! Vielleicht hätte er gar keine Hemmungen vor dir." Sie grinst verschmitzt. „Und du könntest sehen, dass er wirklich ein toller Liebhaber ist. Er bringt mich genauso zum Schreien, wie du es heute Nacht wieder hinbekommen hast."
„Schmeichlerin!" Ich stehe auf, küsse sie auf die Nase, streichle dabei ihr Brüste und spiele ein bisschen mit

einem ihrer festen Nippel. „Komm, wir machen uns fertig, frühstücken und dann gehen wir los. Wenn wir unten rumgehen, brauchen wir ungefähr ein und eine halbe Stunde bis zum Fischerwirt oben an der Liegewiese. Lass uns dort dann Mittagessen. Und dann gehen wir obenrum wieder zurück. Da hast du dann wirklich ausreichend Bewegung."

Ich küsse sie auf den Mund, sie umfasst meinen nackten Schenkel. „Nichts da!" sage ich, gebe ihr einen Klaps auf ihren Busen und reiße mich los. „Ich kenne uns! Auf geht`s sonst wird das nichts mit der Wanderung."

Eine Stunde später sind wir auf dem Weg im Ache-Tal. Ich bin gerne mit Mareike unterwegs. Sie ist eine sehr schöne Frau. Sie hat eine wilde blonde Lockenmähne, ein stets lachendes hübsches Gesicht, das von ihren großen blauen Augen dominiert wird, die aber nur mit einer randlosen Brille alles komplett wahrnehmen können. Ihre süße Stupsnase muss daher in die zweite Reihe zurücktreten. Mareike ist einen halben Kopf größer als ich, ist schlank, hat lange Beine, einen knackigen runden Hintern und zwei schöne feste Brüste.

„Was hast du denn wieder für Gedanken? Der Frühlingswind hat doch gerade Pause!" Ich deute auf ihr T-Shirt unter dem sich ihre beiden Nippel sehr deutlich um Aufmerksamkeit bemühen.

„Vorhin auf der Terrasse, das war schon sehr fein. Und da habe ich schon gerne ein paar ausschweifendere Phantasien!" Sie grinst, sieht an ihr herunter und zwirbelt mit ihren Fingern an den beiden neugierigen Erbsen. Dann wird sie ernst.

„Weißt du, wir beide müssen uns schon freuen, dass unsere Busen eine angenehme Größe haben. Ich habe eine Freundin, die kämpft schwer mit ihrem riesigen Busen. Sie ist total unglücklich damit. Sie sagt, sie schmerzen manchmal richtig. Die Männer, sagt sie, glotzen immer drauf, aber meistens wird sie von vielen auch nur auf den Busen reduziert. Sie beschwert sich immer, dass da hinter ihrem Vorbau sich auch noch etwas mehr Mensch befindet, der Beachtung finden will. Aber sie sagt, dass ist ein sinnloses Unterfangen."

„Ich denke auch , wir haben es da nicht so schlecht getroffen. Nicht zu groß, aber auch nicht zu wenig. Da bleiben dann die Männerblicke auch mal auf unseren Gesichtern hängen und man hört uns vielleicht auch öfter zu und merkt, dass wir auch etwas auf dem Kasten haben."

„Was ich ja gar nicht verstehen kann, dass es nicht wenige Frauen gibt, die sich ihre beiden Dinger da aufblasen lassen. Manchmal ja so abartig, dass du glatt meinen könntest, sie hätten Fußbälle darunter versteckt."

„Damit wickeln sie so manchen Mann natürlich spielend leicht um den Finger!"

„Wie meinst du das?"

„Na, Fußball, egal in welcher Form!"

„Okay, dann sind aber auch die Richtigen zusammen. Da braucht es weiter kein Hirn. Weder bei ihr noch bei ihm! Die Luft in den Bällen reicht!" Wir lachen und erreichen den Wald am unteren Ende des Stausees. Auf den offenen Wiesen sind wir der Sonne ausgesetzt ganz schön ins Schwitzen gekommen. Im Wald ist es beachtlich kühler, weil neben der fehlenden Sonneneinstrahlung auch Kühle vom Wasser heraufzieht.

Mareike zieht den Reißverschluss ihrer Jacke zu. „Jetzt muss ich die beiden da einpacken!" lacht sie, „sonst vereisen die beiden kleinen Kerlchen da oben drauf noch." Wir lachen und auch ich ziehe mir mein Sweatshirt über den Kopf. Nach etwa einem Kilometer durch den Wald erreichen wir die gut besuchte Liegewiese. Der an den Wald angrenzende erste Teil der Wiese ist ein ausgewiesener FKK-Bereich. Auch darauf tummeln sich am Uferrand schon einige Sonnenanbeter-Pärchen eher des älteren Semesters. Mareike stupst mich mit der Hand und flüstert: „Du musst auch mal nach der anderen Seite schauen!"

Ich blicke nach oben. Kaum fünf Meter vom Weg entfernt liegt ein junges nacktes Paar auf einer Decke. Sie liegen auf dem Bauch und sind beide jeweils in ihr Buch vertieft. Als wir außer Hörweite sind, flüstert Mareike immer noch. „Das waren mal zwei schöne knackige Ärschchen, oder nicht?"

„Die waren wirklich hübsch anzusehen!"

„Die waren doch zum Anbeißen, meine Liebe. Ich bin da sofort auf andere Gedanken gekommen, du etwa nicht?"

„Ich hätte sie ja gar nicht bemerkt, wenn du mich nicht darauf aufmerksam gemacht hättest."

„Also meine Phantasie geht da schon mit mir durch. Heute Morgen schon auf der Terrasse und jetzt auf der Wiese da? Das turnt mich schon an und ich frage mich, ob ich es mir nicht doch einmal gönnen sollte, die schützenden Wände zu verlassen, um mal richtig Sex draußen zu haben."

„Hattest du noch nie Sex im Freien?"

„Nicht, dass ich wüsste? Das wäre wirklich mal was Feines. Das macht mich schon scharf!"

Ich nehme Mareike in den Arm, drücke ihre Schulter nach unten und flüstere ihr ins Ohr:

„Dann sollten wir uns auf dem Rückweg ein ruhiges Plätzchen suchen, damit du deine Phantasie ausleben kannst!"

„Keine schlechte Idee. Scharf genug bin ich, dass ich sogar jede Vorsicht bleiben lassen würde!"

Ich kneife ihr in die Hüfte. „Jetzt ist erst mal Schluss mit deinen verkommenen Gedanken. Jetzt wird erst mal gegessen. Nachspeise gibt es später!"

Wir erreichen das Gasthaus und setzen uns an den freien großen Gartentisch in der Sonne. Der Garten ist gut gefüllt mit Gästen. Wir bestellen jeder eine Apfelschorle, ich nehme die Kässpatzen und Mareike bestellt den Salat mit Garnelen. Wir reden gerade über Mareikes neue Arbeitsstelle, als das junge Paar von der FKK-Wiese -jetzt natürlich mit Sportbekleidung angezogen an unseren Tisch tritt. „Dürfen wir uns dazu setzen, bitte?"

„Gerne, der Tisch ist groß genug, bitte!" Ich biete den beiden mit der Hand die freien Plätze an. Mareike grinst. Nachdem die beiden bestellt haben, beugt sich das Mädchen zu uns rüber.

„Entschuldigung, sind sie von hier?"

Ich nicke. „Ja, ich bin von hier. Kann ich euch helfen?"

„Oh ja, vielleicht." Das Mädchen rutscht auf der Bank näher zu mir. „Wir sind hier mit unserem Camper. Wir haben im Internet den FKK-Bereich da gegoogelt, stellen jetzt aber fest, dass wir auf dem Parkplatz gar nicht über Nacht bleiben dürfen mit dem Camper. Wissen Sie, wo wir hier in der Nähe parken könnten? Die nächsten ausgewiesenen Stellplätze sind ja fast zwanzig Kilometer entfernt. Das hatten wir uns eigentlich anders gedacht."

„Offizielle Plätze gibt es hier ganz sicher nicht. Das ist alles Landschaftsschutzgebiet hier. Da bekommt ihr bestimmt Ärger, wenn ihr erwischt werdet."

„Unter der Staumauer ist noch ein Parkplatz, oder?"

„Ja, schon, aber da ist es auch nicht erlaubt und auf der anderen Seite der Staumauer ist das Haus vom Stauwehrmeister. Der schickt euch garantiert weg in der Nacht."

Ich sehe Mareike an. „Wenn ihr wollt, könnt ihr bei mir auf dem Grundstück parken. Mein Haus ist drüben auf der anderen Seite vom See. Wie viele Nächte wollt ihr denn bleiben?"

„Zwei Nächte!" Der junge Mann ist längst auch näher herangerückt und mischt sich ein.

„Zwei Nächte ist kein Problem!" Ich sehe zu Mareike, die nickt und lächelt.

„Wie weit ist es denn bis zu dir?"

„Luftlinie zwei Kilometer, Auf der Straße leider sechs!"

„Das wäre super, wenn wir das machen dürften. Wir zahlen auch gerne einen Obolus!"

„Das braucht ihr nicht. Der Platz ist frei. Wenn ihr kein Riesenschiff habt, dann könnt ihr die zwei Nächte gerne kommen."

Die beiden schreiben sich meine Adresse auf und werden dann mit ihren beiden Schnitzeln bedient.

Als Mareike und ich aufbrechen, frage ich die beiden noch, wann sie etwas zu kommen gedenken.

„Gegen fünf etwa? Ist das okay?"

„Klar, kein Problem, wir sind dann ab fünf sicher zuhause."

Wir machen uns auf den Weg über die Staumauer und biegen dann links in den Waldweg auf der gegenüberliegenden Seeseite ein. Inzwischen sind wir bei der Politik angekommen und reden über Trumps Pläne, den Dänen Grönland streitig zu machen.

Plötzlich bleibt Mareike stehen. „Was ist mit deinem Versprechen von vorhin?"

Ich grinse. „Ist es dir nicht zu kalt hier im Wald?"

„Und wenn schon, du hast doch versprochen mir heiß zu machen, wie kann ich dann frieren?"

Ich ziehe sie an mich und küsse sie. Dabei fahre ich mit beiden Händen unter ihr T-Shirt und arbeite mich zu ihren Brüsten vor. Ihre Nippel sind steinhart erigiert. „Uh, ist das schön!" Mareike schwärmt.

„Auf dem Weg kann uns natürlich immer jemand begegnen, da wären wir nicht ganz ungestört, aber da vorne macht der See den Bogen, wenn wir da links runtergehen, da gibt es keinen offiziellen Weg und sicher viele schöne Plätzchen."

Mareike zieht ihr T-Shirt über den Kopf. Und legt es zu ihrer Jacke über den Arm. Sie grinst mich an. „Ein bisschen Risiko macht schon scharf!"

„So groß ist das Risiko auch nicht, da drüben ist ein FKK-Strand, da laufen alle nicht nur oben ohne rum."

„Du hast recht! Warte!" Sie hält sich mit einer Hand an meiner Schulter fest und beginnt sich die Schuhe aufzuschnüren. Seelen ruhig zieht sie sich ihre Jeans und auch ihren Slip aus. Dann zieht sie ihre Turnschuhe wieder an und läuft nackt neben mir her. Ihre Kleider drückt sie über den Armgelegt an ihren Körper.

„Das fühlt sich richtig geil an, Evi!"

„Das kann ich mir denken!" Ein bisschen nervös bin ich schon, denn es könnten ja Bekannte sein, denen wir hier eventuell begegnen könnten. Trotzdem überkommt mich doch die Lust, mich Mareike anzuschließen und auf einem freien Plätzchen uns der Zügellosigkeit hinzugeben.

Wir biegen vom Weg ab und laufen links weiter auf eine Streuwiese zu. Noch halb unter den Bäumen steht ein kleiner Heuschober, in dem noch zwei Rundballen gelagert sind. Mareike legt ihre Kleider darauf ab, kommt auf mich zu und zieht mir das Sweatshirt samt meinem T-Shirt über den Kopf. Sie greift um mich herum und öffnet meinen BH. Dann drückt sie ihren kühlen Busen an meinen. Mit einem langgezogenen „Uuuh!" lasse ich sie wissen, dass meine Nippel sich wohl umgehend den ihren anpassen werden. Und zunächst ist das wohl in erster Linie der Kühle geschuldet. Meine Hände aber sind sofort auf dem Weg zwischen Mareikes Beine, die auch bereitwillig ein paar Schritte nach hinten macht und sich an den Rundballen lehnt. Ich helfe ihr, sich nach oben zu hieven und auf den Ballen zu setzen. Mareike lässt sich nach hinten fallen und spreizt langsam ihre Schenkel. Wie ein Tulpenkelch öffnet sich unmittelbar vor meiner Brust ihr Allerheiligstes. Ich beuge mich hinunter und helfe den saftigen Blütenblättern mit meiner Zunge etwas nach, um dem Blühen die volle Pracht zu ermöglichen. Ich genieße auch einen Moment den prachtvollen Anblick der einladenden Muschel, die mich mit ihrem Moschusduft zu locken scheint. Mit beiden Händen umschmeichle ich Mareikes Nest und versenke zunächst meine Lippen und meine Zunge im glitschigen Angebot dieser verführerischen Frucht. Mareike stöhnt. Ich suche ihre Lusterbse und züngle auf ihr. Gurren und japsend sind die Laute, die ich mit diesem Zungentänzchen Mareikes Mund entlocke. Mein Blick nach oben lässt mich den Wellen folgen, denen Mareike in ihrem Körper freien Lauf lässt und der ihre Brüste auf dem Hauballen auf und ab schweben lässt. Mit meinem Zeig und Mittelfinger klopfe ich an Mareikes Pforte an.

„Jaa!", stöhnt sie, „Ja, komm!..Nimm mich, komm, mach!"

Ich schiebe meine Finger in ihre Grotte und drücke meine Zunge fest auf ihre Klit. Ein Zittern bebt in ihr. Ich ziehe meine Finger etwas zurück, um sie gleich wieder bis zum Handballen in ihr zu versenken. Mareike windet sich. Ihr Zittern wird stärker. Im Hohlkreuz drückt sie ihre erregten Brustäpfel in die Höhe. Ihre Nippel stehen wie Zinnsoldaten darauf stramm. Wieder schiebe ich meine Finger tief in ihre Höhle. Mareike hält sich die Hand vor den Mund, um ihre Lustschreie nicht ungehindert über den See zu schicken. Ich merke, wie sich ihr Nektar der Süße ihrer Geilheit bedient. Meine Zunge lässt nicht nach, dem Liebesstempel nachdrücklich zu massieren, wären meine Finger immer heftiger und schneller in die Tiefe von Mareikes Lust eintauchen. Plötzlich schlagen ihre Füße rechts und links neben mir gegen den Rundballen und ein kräftiger Strahl ihres Liebessaftes spritzt mir ins Gesicht. Mit einem Ruck setzt Mareike sich auf. Heftig stöhnend drückt sie leicht meinen Kopf nach hinten.

„Bleib!", ruft sie, als ich meine Finger aus ihr zurückziehen will. „Bleib, bleib!", sagt sie noch einmal und sitzt am ganzen Körper zitternd auf dem Heuballen, während ihr Liebessaft hemmungslos aus ihr sprudelt.

Es dauert eine ganze Weile, bis sie sich wieder beruhigt und langsam meine Hand nach hinten schiebt, so dass meine Finger aus ihrer Höhle rausrutschen. Total parallelisiert bleibt sie einige Momente sitzen.

„Was war das denn?" Fast entgeistert sieht sie mich an. „Das war super Geil, Evi!" Sie beugt sich zu mir runter und küsst mich.

Mit ihrem T-Shirt trocknet sie mir erst mein Gesicht und meine Hand und danach auch ihre Schenkel und ihre Möse.

„Wenn sich auf dem Weg die Männer auf mich schmeißen, dann weißt du weswegen!" , sagt sie lachend, als sie sich das T-Shirt über den Kopf zieht.

Wir ziehen uns an und laufen querfeldein weiter.

„Sei nicht traurig," sagt Mareike beim Weitergehen, „ich kümmere mich nachher schon noch um dich!"

Es ist kurz nach fünf, als das Sonnenanbeter-Pärchen mit ihrem Camper vor meinem Haus vorfahren. Mareike und ich sitzen auf der Terrasse und genießen die Restwärme des Sonnentages. Die beiden kommen in den Garten und stellen sich mit Steffi und Martin nun auch mit Namen bei uns vor. Ich lade sie ein, mit uns Apfelschorle zu trinken. Die beiden kommen aus Stuttgart, sind gerade mal 27 Jahre und haben sich den Camper von Steffis Eltern für ein paar Tage ausgeliehen.

Ich zeige ihnen den Stellplatz hinter meinem Haus und bin ihnen beim Einparken behilflich. Es ist zwar ein sehr komfortabel ausgestattetes Wohnmobil, aber doch relativ klein, so dass sie gut Platz finden auf dem Stellplatz. Martin bittet mich, den Wassertank auffüllen zu dürfen.

„Und sag mal, Evi, hättest du etwas dagegen, wenn wir von dir auch ein bisschen Power bekommen für unsere Kiste. Ich zahle dir auch gerne ein paar Euro dafür."

„Mach dir darum keinen Kopf. Schau, ich habe eine Photovoltaikanlage, meine Batterien sind voll. Da ist eine Steckdose."

Als ich wieder bei Mareike vorne auf der Terrasse sitze, fasst sie meine Hand. „Ein bisschen einge-schränkt sind wir jetzt schon, oder? So wie heute Früh geht es im Moment nicht!"

„Na ja, immerhin laufen die beiden den ganzen Tag nackt in der Öffentlichkeit rum, da dürfte sie es wohl kaum stören, wenn wir das hier in unserem Haus auch machen."

„Evi, nackt rumlaufen ist doch nicht das, was du er-wartest und was ich dir nach dieser Schuppennum-mer vorhin noch schuldig bin?" Mareike sieht mich ziemlich lüstern an.

„Da hast du wohl recht! Was hast du dir denn so gedacht, wie du dich bei mir revanchieren kannst, ha?"

„Eine Idee hätte ich da schon."

„So, so, du schmiedest also schon Pläne?"

„Weißt du, Evi, als ich vorhin so abgegangen bin auf dem Grasballen, habe ich überlegt, wann ich denn schon einmal so total überrascht worden bin von einem besonderen Sexspielchen."

„Und? Bist du schon einmal überrascht worden?"

„Ja, das ist mir beim Rückweg in den Sinn gekommen. Ich hatte bevor ich mit Jörn zusammen war mal eine kurze Affaire mit einem etwas älteren Mann."

„Älteren Mann?"

„Ja, Claus, war glaube ich knapp fünfzig."

„Und was hatte der so Besonderes in petto?"

„Der hat mich geleckt und hat dabei mit meinem Saft mein Poloch massiert. Du das war dermaßen geil, dass ich wirklich fast ähnlich abgegangen bin wie vorhin."

„Hast das denn niemand anderes bisher mit dir gemacht?" Ich bin etwas erstaunt, denn Mareike ist neuen verrückten Sexspielchen eigentlich immer sehr aufgeschlossen.

„Irgendwie habe ich das ganz verdrängt. Ich weiß nicht warum. Aber vorhin ist mir das wieder eingefallen. Und ganz ehrlich, ich habe mir schon vorgestellt, dass ich das bei dir da auf dem Tisch in der Küche gerne gemacht hätte."

„Oh, das ist ja eine feine Vorstellung. Die beiden bleiben ja nur zwei Nächte. Es gibt also durchaus noch Optionen für dein Vorhaben."

Mareike beugt sich zu mir rüber, küsst mich und flüstert: „So lange musst du ja nicht warten, wir probieren das nachher einfach mal schon da oben im Schlafzimmer aus."

„Außer laut sein ist alles erlaubt! Ich grinse.

Als wir uns gegen zehn bettfertig machen, ruft Mareike mich ins Badezimmer. Sie steht splitternackt am Fenster, hat allerdings das Licht gelöscht und sieht hinunter zum Camper.

„Schau dir das an, Evi!"

Auch ich habe nur noch einen Slip an und trete neben meine nackte Freundin, um zu sehen, was sie so neugierig beobachtet. Im Camper ist Licht und die gläserne Oberlichte lässt einen großzügigen Blick auf das Innere des Wohnmobils zu. Steffi, ebenfalls wie Mareike splitternackt, kniet mit dem Gesicht zum Fenster auf dem Bett. Ihr Rücken im Hohlkreuz hat sie ihren Po weit nach oben gereckt und die Beine so weit gespreizt, dass Martin gut zwischen ihren Schenkeln knien kann und seinen imposanten steifen Prügel zwischen Steffis Pobacken in ihr versenkt. Steffis

Mimik lässt uns beide ahnen, wie sehr sie es genießt, Martins Rute in sich zu spüren.

„Das dauert nicht mehr lange bei ihr!" Mareike sieht fasziniert nach unten und ich bemerke, dass ihre Finger sich in ihrer Spalte den Weg zu ihrer Perle gesucht haben. „Der hat schon ein Prachtstück, oder? Und das Ärschchen von Steffi ist auch nicht zu verachten. Da würde ich gerne mal meine Hand drauf klatschen lassen."

Ich sehe Steffi etwas verwundert an. „Das hast du bei mir noch nie getan?"

Mareike sieht mich an, ohne ihre Finger aus ihrer Spalte zu nehmen. „Hättest du dazu Lust? Wirst du geil, wenn ich dir dein Ärschchen versohle?"

„Oh, du, wenn du nicht zu fest schlägst, glaube ich, könnte ich ziemlich nass werden dabei."

„Wirklich?" Mareike sieht mich wieder an.

„Da gibt es schon die ein oder andere Fantasie in meinen Träumen!"

Die beiden im Camper haben sich zu einen orgastischen Rausch gesteigert. Die Lustschreie von Steffi durchdringen Camperwand und Badezimmerfenster und Martins hoch rat angelaufener Kopf deutet wohl an, dass auch er kurz vor einer spritzenden Explosion steht.

Noch einmal jagt er Steffi seinen steifen Schwanz in ihre Lustgrotte. Dann bäumt er sich auf, stößt zitternd noch einige Male zwischen Steffis Pobacken, um sich anschließend auf ihr fallen zu lassen. Heftig schnaufend liegen die beiden auf dem Camperbett. Nach einigen Minuten, Mareikes Atmung hat inzwischen auch an Lautstärke zugenommen, beginnen die beiden miteinander zu reden. Steffi zeigt irgendwann zu unserem Fenster hinauf. Martin lacht und sieht zu uns hoch. Beide winken kurz mit ihren Fingern. Natürlich können sie uns sehen, denn die Badezimmertüre steht offen und im Gang brennt das Licht.

„Jetzt wissen sie, dass wir uns amüsiert haben mit ihnen!" Ich trete hinter Mareike, greife ihr von hinten in ihre Liebesfurche, die üppig am Überquellen ist. Ich tauche ein und massiere sie dann mit etwas Druck rund um ihre Rosette. Mareike stöhnt jammernd auf. Ruckartig entzieht sie ihrer Spalte die Finger, dreht sich um, greift meinen Unterarm und zieht mich hinüber ins Schlafzimmer.

„Du bist jetzt dran! Das habe ich dir versprochen!" Sie zerrt mir den Slip über meinen Hintern und schubst mich aufs Bett und zieht mir den Slip über die Fesseln.

„Komm, dreh dich um und streck mal deinen Hintern nach oben! Ich will doch mal sehen, ob ich mit ein paar Schlägen deine Quelle zum Sprudeln bringen kann!" Mareike wälzt mich auf den Bauch und zieht mit festen Griff an meinen Hüften meine Po nach oben. Dann schlägt sie zu. Erst auf die rechte, dann auf die linke Pobacke.

„Ist es gut so?" Mareike schlägt ein drittes Mal zu.

„Du darfst gerne etwas fester hauen!" Ich spüre Mareikes Schläge zwar, aber wirklich fest ist ihr Schlag nicht. Der vierte Schlag brennt. Der fünfte auch. Das fühlt sich geil an. „Oh ja, so ist es gut!"

Mareike schlägt weiter zu. „Dein süßer Arsch wird rosa! Das macht Spaß!" Und wieder klatscht ihre Hand auf mein Gesäß. Mareike hat offenbar auch ihre Freude daran, mir den Hintern zu versohlen und ich merke, wie sich ein gierig geiles Gefühl meiner bemächtigt. Meine Schamlippen sind nicht mehr in der Lage meinen Saft zu behalten. Ein irres Gefühl überkommt mich und ich scheine auszulaufen. Und dann sind da auch schon Mareikes Finger. Widerstandslos versengt sie mindestens zwei in meiner Grotte. Ich höre mich regelrecht Heulen, lasse mich auf das Bett fallen und spüre Mareikes Finger in meinen Spalten. Zwei davon stecken in meiner Grotte und der Daumen glitscht über meinen Steg und drückt sich sanft an mein Poloch. Ihr Daumen dringt nicht ein, presst sich aber erregend geil in meine Rosettenmulde. Plötzlich entzieht Mareike ihre Hand, packt mich und dreht mich auf den Rücken. Sie fasst mich an den Fesseln und drückt meine Beine gespreizt in Richtung meiner Schultern. Dann ist sie mit ihrem Mund an meiner Quelle. Ich greife mit beiden Armen um meine Oberschenkel und ziehe sie an meinen Körper. Mareikes Zunge bringt mich zum Zittern. Und dann ist da ihr Finger, der zuerst in meine Quelle taucht, meine Pofalte mit meinem Saft tränkt und sich dann rotierend dem Spiel mit meiner Rosette widmet. Ich stehe Kopf. Wie ein Orkan überzieht mich eine unkontrollierbare Hemmungslosigkeit. Orientierungslos rase ich auf eine unglaublich orgastische Welle zu. Ich weiß nicht ob schreie, stöhne, heule. Außerirdisch scheint die Gewalt, die mich packt und in einen nicht enden wollenden Orgasmusrausch katapultiert. Ich laufe aus, nein, ich spritze aus, ich habe mich nicht mehr unter Kontrolle, jage durch eine mir völlig unbekannte Galaxie der Geilheit. Mareike kniet inzwischen vor meinem klatschnassen Gabentisch und bearbeitet mit allen ihren Fingern meine dargebotene Lustmuschel und die darunterliegende Po-Blüte. Ein geiler Wellenritt nach dem anderen peitscht von meinen Haarspitzen bis zu meinen Zehen. Ich öffne meine Arme. Meine Beine kippen neben Mareike auf das Bett. Sie macht sich zwischen meinen Schenkel lang und kriecht langsam an mir hoch. Sanft greift sie nach meinen Brüsten, drückt flach ihre Hände darauf und scheint mir beruhigend meine steinharten Nippel in die Weichheit meiner Hügel zurückdrängen zu wollen. Mein Atmen kommt mir ohrenbetäubend vor.

Meine von ihren Händen bedeckten Brüste und mein Bauch unter ihrem Busen heben und senken sich, ohne dass ich ihnen Einhalt gebieten kann. Atemlos genieße ich die entwaffnende Befriedigung die mich völlig überflutet.

Mareike lächelt. „Na, das hat dich jetzt aber mal richtig durchgeschüttelt, ha?"

Ich nicke. „Ich bin fertig! Boh, was war das geil! Das kannst du mir gerne öfters geben!"

„Hinten drauf und ein bisschen hinten drin, ja!"

„Genau!"

Als ich wieder einigermaßen bei Atem bin, meint Mareike: „Die beiden hätten ihren Spaß gehabt, wenn sie dich so abgehen zu sehen. Gehört haben sie dich ganz sicher und sind vielleicht auch noch mal geil dabei geworden."

„Wollen wir noch einmal schauen?"

Mareike schüttelt ihre blonden Locken. „Nö, mir gefällt es hier bei dir besser und wenn du nichts dagegen hast, mach ich es mir nochmal selbst. Ich bin nämlich ziemlich geil geworden in den letzten Minuten." Sie legt ihren Kopf auf meinen Bauch, schiebt ihren Schenkel über meinen, dreht sich auf die Seite und beginnt mit ihrer Hand ihre Perle zu massieren. Ich ziehe mir ein Kissen unter meinen Kopf und betrachte genüsslich, wie Mareike sich halb auf mir liegend mit sichtlicher Erregung mit ihren Händen einen ausgiebigen Orgasmus gönnt.

Mareike und ich sitzen wieder nur mit unseren Morgenmäntel bekleidet auf der Terrasse. In den Händen halten wir unsere Kaffeebecher und genießen die Morgensonne. Steffi und Martin kommen hinter dem Haus vor.

„Guten Morgen!", begrüße ich sie, „wollt ihr auch eine Tasse Kaffee?"

„Gerne, aber euch auch einen guten Morgen!" Steffi lacht mich an und setzt sich neben mich. Martin zieht einen weiteren Gartenstuhl her und setzt sich neben Mareike.

„Wir haben euch ja gestern großes Kino geboten, oder?" Martin sieht grinsend zu Mareike, als ich ihm den Kaffeebecher in die Hand drücke.

„Das kann man wohl sagen.", bestätigt Mareike, „das konnte sich schon sehen lassen, was ihr da geboten habt!"

„Ihr habt euch scheinbar gut amüsiert und wenn wir das richtig mitbekommen haben, blieb unser kleiner Fick nicht ohne Wirkung bei euch, oder?" Steffi beugt sich vor und sieht zu Mareike rüber.

„Wir sind ja nicht aus Holz und haben durchaus auch unseren Spaß!" Mareike zwinkert mir zu.

„Vielleicht tun wir uns heute Abend zusammen? Was haltet ihr davon?" Martin scheint sich mit Steffi wohl vorher abgesprochen zu haben, denn Steffi sieht auch mich erwartungsvoll an.

Mareike lacht laut auf. „Ist ja wohl ein heimlicher Traum von dir, gleich drei Frauen im Bett zu haben, was?"

„Warum nicht?" Martin lacht auch und Steffi nickt heftig mit dem Kopf. „Das ist sicher ein Traum von ihm!"

„Nein, nein, das wird nichts mit uns!" Mareike schüttelt den Kopf. „Wisst ihr, wir sind in festen Händen und das wollen wir auch bleiben, ohne den andern vor den Kopf zu stoßen. Deinen Traum werden wir dir oder euch nicht erfüllen. Obwohl mich eure knackigen Ärschchen auf der Liegewiese gestern schon angemacht haben. Da hätte ich schon auch mal gerne hingelangt."

„Wenn du willst, dann kannst du es ja machen. Martin steht auf, lässt seine Jogginghose runter und dreht Mareike seinen Hintern hin.

Mareike sieht amüsiert zu und gräbt im Sitzen ihre Finger in eine der muskulösen Pobacken von Martin.

„Ja Steffi, ich kann mir vorstellen, dass das Spaß macht, in die ab und zu rein zu grapschen!" Steffi bestätigt Mareikes Bemerkung mit einem heftigen Nicken.

Da steht Mareike auf, stellt ihren Kaffeebecher auf den Boden stellt sich vor uns auf, lässt ihren Morgenmantel auf die Terrassensteine gleiten und präsentiert uns ihre verführerische Nacktheit. Langsam dreht sie sich um die eigene Achse, so dass wir nicht nur ihren wohlgeformten Busen mit den kleinen harten Nippeln, ihren blanken Venushügel und die zartrosa Schamlippen, sondern auch ihren knackigen Hintern ausgiebig betrachten können.

„ Der Fairness halber! Denn wir konnten ja bereits etwas mehr von euch sehen. Damit lasst es dann aber doch gut sein! Mehr gibt es nicht!"

Martin ist offensichtlich noch nicht zufrieden. „Und was ist mit dir Evi?"

Ich lache. „Reicht dir Mareike nicht. Ich habe Steffi auch nur von hinten gesehen, also müssten wir ja zu zweit noch einen Strip hier machen. Aber lassen wir es bei deinem und Mareikes bleiben, sonst hast du auf der Liegewiese heute standhafte Probleme." Wir Frauen lachen, während Martin eher enttäuscht dreinschaut.

Nach einer Weile setzen sich die beiden in ihren Camper und fahren wieder an den See.

Mareike und ich frühstücken und gönnen uns dann viel Zärtlichkeit unter unserer warmen Bettdecke.

Josephitag

1.

„Du hast recht Bine, auf dem Schabernacktball weiß man nie, auf wen man trifft."

„Sag ich doch! Ich könnte mir etwas Intimeres sehr gut vorstellen. Ganz ehrlich, da ginge es doch gerne auch mal ganz anders ab, als auf so einem Riesenevent, oder nicht?"

Mein Freund nickt. „Wie gesagt, ich bin da ganz bei dir!"

„Was haltet ihr zum Beispiel von einer kleinen Runde zum Frühlingsanfang?" Bine kommt langsam ins Schwärmen. „Fasching und Fasnacht ist doch eine Tradition zum Wintervertreiben, oder? Warum vertreiben wir den Winter nicht am echten kalendarischen Winterende?"

„Wie meinst du das?" Nun mische ich mich auch in dieses überraschende Gespräch mit ein.

„Also schau doch mal her, Jupp will uns überreden, mit Tina und ihm auf den Schabernacktball zu gehen. Mir ist das zu heavy. Sex in der Öffentlichkeit! Du weißt nie, wer mit seinem Handy irgendetwas einfängt und ehe du dich versiehst, geht dein Busen oder dein Hintern viral durchs Netz! Ich bin aber auch nicht unbedingt abgeneigt, deinen Freund auch mal nackt und mit aufgestelltem Speer zu betrachten!"

„Oho, so ist das!" Ich lache.

„Tu nicht so, als würden dich die tollen Titten von Tina nicht auch mal reizen!"

„Und da schmiedest du gleich neue Pläne, ha?" Bine streckt mir die Zunge raus. Tina und Jupp glucksen grinsend, ob unseres kleinen Wortgefechtes.

„Mein Vorschlag ist einfach etwas Intimeres zu machen. Und der letzte Wintertag ist nun mal der 19. März. Wenn wir da am Abend zum Beispiel einen Spieleabend machen, so in einer kleinen, schnuggeligen erotischen Runde? Das hätte doch etwas ganz Zauberhaftes, oder etwa nicht?"

Tina grinst und nickt. Auch mein Freund scheint nicht abgeneigt zu sein. Dass Bine ihn attraktiv findet, hat sie schon öfter geäußert. Und Jupp macht ihr auch gerne sehr nette Komplimente. Nicht nur, was ihr Aussehen angeht. Und Tina? Ich müsste lügen, wenn sie nicht auch einen gewissen Reiz auf mich ausüben würde. Sie ist eine sehr attraktive junge Frau, hat es Faustdick hinter den Ohren und ist für jeden Spaß zu haben. Kurz gesagt, eine tolle Frau, intelligent, schlagfertig, absolut witzig mit einer prächtige Figur. Sogar Bine hat schon einmal laut darüber nachgedacht, sich in ihren warmen großen Busen kuscheln zu wollen.

„Dann haltet euch doch schon mal den Termin frei." Jupp ergreift die Initiative. „Wir schmeißen die Party,

oder Tina! Schließlich ist der 19. März mein Namenstag! Josephi! Da macht eine Party schon Sinn, oder?"
Tina grinst spitzbübisch. „Auf mich könnt ihr zählen!"
Sie stupst Jupp in die Seite und zwinkert zu uns rüber.
„Ein bisschen frischer Wind täte unserem Schlafzimmer wirklich recht gut! Fenster auf, die Vögel zwit-
schern! Der Winterschlaf ist zu Ende!"
Auch Bine ist begeistert. Und doch tritt sie ein bisschen auf die Bremse. „Wisst ihr, diesen Kitzel, euch
beim Sex zuzusehen macht mich total an. Und in so
einer kleinen Runde ist es doch auch wirklich scharf.
Nur will ich nicht, dass sich an unserem guten Verhältnis etwas ändert!"
Jupp sieht sie mit fragenden Blick an. „Wie meinst du
das?""
Bine wirkt etwas verunsichert. „Naja, wenn ich jetzt
mit dir schlafen würde, dabei Spaß hätte und Max uns
dabei zusieht, weiß ich nicht, ob er nicht bei jedem
Besuch, den ich künftig bei dir mache, denkt, da läuft
etwas zwischen uns."
Tina nickt verständnisvoll. „Umgekehrt genauso! Ich
versteh dich! So ein klein bisschen Eifersucht liegt
dann immer in der Luft, oder etwa nicht?"
Ich mische mich ein. „Lassen wir es dann doch lieber
bleiben?"
„Nein!" Bine hebt abwehrend ihre Hände und sieht
mich entsetzt an. „Nicht gleich alles über den Haufen

schmeißen. Ich habe doch gesagt, dass mich so ein erotischer Abend total anmachen würde. Und ich denke, wir vier hätten sicher viel Spaß zusammen. Aber…"

„Wir sollten es einfach nicht bis zum Letzten ausreizen! Das meinst du, oder?" Tina sieht Bine belustigt an.

„Genau!"

Jupp lacht und löst damit die etwas wackelige Stimmung, die sich gerade breitmachen wollte. „Wie heißt es so schön: Appetit kannst du dir holen, gegessen aber wird zuhause!"

Nun lachen wir alle vier und ich gebe die Variante von Jupps Sprichwort zum Besten: „Das ‚Zuhause' ändern wir ein bisschen ab, oder? Gegessen wird Hausmannskost neu zubereitet und mit Sahnehäubchen!"

„Vor allem mit Sahnehäubchen!" Tina lacht jetzt schallend.

„Also abgemacht 19. März? Ihr beide seid dabei?" Jupp sieht Bine und mich an.

Bine nickt begeistert. „Wir vier, oder…?"

„Wenn ihr nichts dagegen habt, frage ich noch jemanden. Dann sind wir vielleicht zu sechst?"

Tina sieht Jupp fragend an. „Wen fragst du denn?"

Jupp zwinkert mit den Augen und flüstert Tina hinter vorgehaltener Hand einen Namen zu. Tina strahlt über das ganze Gesicht. „Super! Das wird lustig!"

„Überraschung! Das wird nicht verraten!" Jupp lacht laut!

Mir ist das Spiel etwas zu albern und ich bin auch nicht neugierig. „Was kann denn da so lustig sein? Wollt ihr den Stadtpfarrer dazu einladen?"

„Das wäre doch auch keine schlechte Option! Nur eine Frage: Ist ein drittes Paar für euch okay? Vor allem für dich, Bine?" Tina sieht Bine an. Bine grinst, sieht zu mir rüber und nickt dann etwas sparsam. „Also gegen zwei weitere habe ich nichts, sie müssen halt auch zu uns passen."

Tina grinst, nimmt Bine in den Arm und versichert ihr: „Die beiden passen garantiert. Glaub es mir. Du kennst sie. Wirst sehen!"

Jupp scheint an einer ausgefallenen Planung Gefallen gefunden zu haben. „Wisst ihr was, Tina und ich kümmern uns um das leibliche Wohl! Also komplett! Feines Essen, gute Getränke, warme Bude und frische Bettwäsche und so weiter, ja! Und ihr beide sorgt für ein witziges und heißes Programm! Einverstanden?"

Nun sieht Bine mich grinsend an? „Das scheint ein guter Deal zu sein! Max, als Eventmanager kann sich kreativ betätigen, ihr schmeißt die Party und ich verteile anschließend die Bewertungssterne! Das ist ganz nach meinem Geschmack!"

2.

Die Überraschung ist Jupp gelungen. Am Telefon hatte er mir mitgeteilt, dass ein weiteres Pärchen an unserem Frühlingswillkommen teilnehmen würde. Also wusste ich, dass ich das Programm für sechs Spieler zusammenstellen musste.

Als wir vor zehn Minuten hier ankamen, stellte uns Tina strahlend über das ganze Gesicht Hanna und Dany vor. Die beiden arbeiten bei meinem Freund im Betrieb und sind seit langem ein Paar. Hanna ist eher eine burschikose. Groß, schlank, mit einem blonden Kurzhaarschnitt scheint ihr der Schalk direkt im Nacken zu sitzen und sie hat auch keine Hemmungen uns beide gleich bei der Begrüßung zu umarmen und ganz fest an ihren Busen zu drücken. Dany ist etwas kleiner und kompakt. Sie scheint etwas schüchterner zu sein, aber weiß ihre weiblichen Attribute durchaus in Szene zu setzen. Ihre imposante Oberweite und auch ihren kräftigen Hintern lässt sie durch enganliegende Bekleidung durchaus ihre Wirkung zeigen. Ihre Stimme ist wesentlich leiser als die ihrer Partnerin, aber sie passt zu dem überaus hübschen Gesicht, auf dem sich bei jedem Lächeln rechts und links der Mundwinkel zwei süße Grübchen zeigen.

Jupp reicht jedem von uns eine Sektflöte. „Auf einen gelungenen erotischen Frühlingsbeginn!" Er hebt sein Glas und wir stoßen an.

Tina führt uns ins Wohnzimmer. Der offene Durchgang zur Küche lässt den Blick auf ein farbenprächtiges Buffett zu, das wir zunächst in Augenschein nehmen. „Wow! Das sieht ja nach Leckermäulchen aus!" Bine nimmt Tina etwas unbeholfen in den Arm, da sie ihr Sektglas nicht abgestellt hat. Sie sieht ihr über die Schulter, stellt das Glas dann doch hinter Tinas Rücken auf die Anrichte. Ohne ihre Schwägerin loszulassen dreht sie sich zu uns um. „Damit ihr seht, wohin es heute Abend hingehen soll! So bedanke ich mich für diese tollen Köstlichkeiten!" Dann küsst sie Tina auf den Mund, die den Kuss nicht nur dankend annimmt, sondern ihn bereitwillig erwidert. Beiden haben die Erwartungen auf diesen Abend offensichtlich schon die ein oder andere Hemmung genommen, denn nach wenigen Augenblicken finden nicht nur die Lippen, sondern auch die Zungen den jeweiligen Zugang in das erste Geheimnis der anderen. Während Tina in einer Hand noch ihr Sektglas hält, finden Bines Hände schnell den Weg auf Tinas Rücken nach unten und drücken sich kräftig in deren Pobacken.

Hanna meldet sich bereit, die beiden bei ihrem Spiel unterstützen zu wollen! Jupp aber gebietet dem Treiben der beiden ein Ende.

„Also, Küssen und Essen soll nicht das gesamte Programm des Abends sein! Lasst uns doch erst einmal hören, was Max sich für den heutigen Abend ausgedacht hat. Bedient euch zuerst am Buffett und dann setzen wir uns und lauschen.

Als alle mit ihren gefüllten Tellern auf Couch und Sesseln Platz genommen haben, nehme ich meine Stofftasche und erkläre ihnen mein Spiel.

„Für unser Spiel brauchen wir eigentlich nur einen Würfel!" Dafür habe ich einen etwas größeren besorgt, den ich auf den Tisch lege. „Vier Zahlen auf dem Würfel sind völlig unbedeutend. Die Zwei, die Drei, die Vier und die Fünf! Die Eins und die Sechs haben es aber in sich. Die Eins heißt: Du musst! Und die Sechs heißt: Du darfst!"

„Und was musst oder darfst du, bitte?" Hanna grinst und sieht mich fragend an.

„Anfangs ist das ganz einfach! Eins heißt, du musst ein Kleidungsstück ablegen, die Sechs bedeutet, du darfst einem anderen ein Kleidungsstück ausziehen!"

„Dann immer nur her mit den Sechsern!" Tina zeigt sich begeistert.

Bine lässt ihr Gerechtigkeitssinn offensichtlich nicht ruhen. „Ist es nicht unfair, wenn einer sechs Klamotten anhat, und ein anderer, wie ich zum Beispiel nur drei?"

„Das Problem lässt sich lösen!" Ich stelle meine Frage in die Runde: „Wer hat mehr als vier Sachen an?" Nun scheinen die Köpfe etwas zu rauchen und dann heben Jupp und Dany die Hände.

„Ganz einfach, ihr beiden legt bei der ersten Runde so viele Kleidungsstücke ab, dass ihr nur noch drei anhabt. Bine braucht bei ihrem ersten Einser kein Kleidungsstück ablegen. Dann ist wieder alles fair, oder?"

„Und was ist, wenn ich kein Kleidungsstück mehr anhabe?" Hanna ist scheinbar schon etwas weiter in ihren Gedanken und auf jeden Fall ungeduldiger.

„Das ist eine gute Frage, die ich euch nicht beantworten kann. Aber ich war auf die Frage vorbereitet und deshalb habe ich jedem von euch hier jeweils zwei rote und zwei grüne Karten mitgebracht. Und für jeden einen Stift. Auf einer Seite der Karten stehen die Zahlen Eins oder Zwei. Ihr beschreibt aber nur die leere Seite und schreibt das auf die Karte, was die oder der Nackte tun sollen. Achtet dabei darauf, dass ihr auf die Einserkarte das etwas Harmlosere schreibt und auf der Zweierkarte erotisch ein bisschen was draufsetzt! Die roten Karten gelten für die Eins: Also: Du musst! Und die grünen Karten enthalten die Wünsche bei der Sechs: Du darfst! Habt ihr das Verstanden?"

Tina grinst über das ganze Gesicht und auch Dany scheint sich an dieser Aufgabe köstlich zu amüsieren. Jupp und Hanna tuscheln miteinander bevor Jupp seine Frage in die Runde wirft.

„Und es gibt keine Tabus bei ‚Du musst!' und ‚du darfst!?'

„Nein, zunächst gibt es keine Tabus! Aber selbstverständlich gibt es Tabus im Spiel. Wenn jemand das, was von ihm verlangt wird, nicht machen möchte, sagt er einfach Stopp. Denn jeder soll heute Abend Spaß haben und keiner darf gefrustet oder beleidigt nachhause gehen. Das ist ja wohl selbstverständlich, oder? Und Jupp hat euch Hanna und Dany ja darüber informiert, dass das Finale nur mit dem eigenen Partner abläuft, oder?"

Die beiden nicken.

„Und was kommt nach dem Stopp, wenn ich fragen darf? Darf oder muss ich dann gar nichts tun?" Jupp sieht mich irritiert an.

„Nein, natürlich musst du dann auch etwas tun. Derjenige der Stopp sagt, macht ein alternatives Angebot und alle entscheiden gemeinsam, ob sie damit einverstanden sind. Ist das eine Option?"

Das allgemeine Nicken wird von Tina noch bekräftigt.

„Das wird doch eine lustige Verhandlungsrunde, Feilscherei unter Splitternackten!" Sie kichert und hat die Lacher auf ihrer Seite.

Die finalen drei Karten mit der Nummer Drei habe ich vorbereitet d.h. die sind schon beschriftet und ich lege sie umgedreht nebeneinander auf den Tisch. Alle sehen mich an. Ich grinse. „Das ist das Spiel Ende!"

Bine und Dany deuten gleichzeitig mit den Fingern auf die mittlere der drei Karten. „Was bedeutet die blaue Karte in der Mitte?"

Ich grinse. „Das ist die finale Karte, die erst mit einem Sechser gezogen werden darf, wenn es sowohl bei dem roten und als auch bei dem grünen Stapel keine Karte mehr zu ziehen gibt!"

Hanna beißt in einen belegten Pumpernickel und deutet kauend auch auf die drei Karten. Alle sehen sie an. Sie schluckt runter. „Das heißt, auf diesen Karten stehen die Pointen des Spiels? Sehe ich das richtig?"

Ich zucke mit den Achseln. „Das muss nicht sein, es kommt ganz darauf an, was ihr noch auf eure Karten schreibt. Lasst eurer Fantasie freien Lauf, aber achtet darauf, dass ihr das Spiel erotisch spannend haltet mit den Aufgaben, die ihr stellt."

Unsere illustre Runde ist sichtlich einverstanden mit dem, was ich ihnen da angeboten habe und bald zieht sich jeder kauend in ein Eck zurück, um seine Karten zu beschreiben.

„Bitte gebt mir eure Karten mit der Zahl nach oben zurück." Als ich von allen die Karten habe, lege ich die beiden farblich getrennten Kartenstapel auf den Tisch. Obenauf liegen jeweils die Karten mit der Nummer Eins, darunter die mit der Nummer Zwei und so wird der Grüne Stapel auf die grüne Drei und der rote Stapel auf die rote Drei gelegt.

3.

Die Teller sind noch nicht leer gegessen und Tina sorgt auch dafür, dass alle mit Getränken versorgt sind, als Bine den Würfel über den Teppich kullern lässt. Mit der gewürfelten Drei löst sie allerdings nur ein allgemein enttäuschtes „Oohh!" in der Runde aus. Jupp würfelt die zwei und bekommt dieselben Mitleidsbekundungen. Dany ist die erste, die mit einer Eins zum Handeln aufgefordert wird. Der schüchtern fragende Blick, den sie erstmal in die Runde wirft, hat etwas Spannungsgeladenes. Scheinbar aber überzeugen sie unsere erwartungsvollen Blicke und sie zieht ihren Pullover über den Kopf. Bevor ihr Gesicht aus dem Kragen wieder ans Tageslicht kommt, präsentiert sie uns eingepackt in einen dunkelgrünen Spitzen-BH ihre imposanten Brüste. Einen Moment ist es anerkennend still in der Runde.

Tina ist die erste, die sich zu Wort meldet. „Ich kann mich ja nicht beklagen, was meine beiden Möpschen angeht, aber ganz ehrlich Dany, wenn ich deine so sehen, könnte man glatt neidisch werden."

„Warte doch erst einmal, bis Dany sie ganz ausgepackt hat!" Hanna streicht Dany nicht ohne Stolz über den BH, unter dem sich auch schlagartig Danys versteifende Erregung zeigt. Hanna lässt nicht locker.

„Wenn ich das vorhin richtig verstanden habe, musst du doch noch ein Teil ausziehen, oder?"

Danny nickt und greift auch schon nach hinten auf ihren Rücken, um Sekunden später uns ihren imposanten Busen zu präsentieren. Auch wenn die Schwerkraft die beiden prallen Bälle ein wenig nach unten sinken lässt, so erheben sie sich doch zu zwei Hügeln, die auf einem großen runden Tablett zwei kirschgroße rosa Nippel darbieten, die sich schamlos in harte Kerne verwandeln.

„Uiihh!" Bine kann ihre Begeisterung nicht für sich behalten. „Ist Anfassen erlaubt?"

„Noch nicht!" bremse ich sie energisch. „Wer weiß, was ihr alles auf eure Ereigniskarten geschrieben habt. Aber dazu muss erst mal weitergespielt werden."

Jupp würfelt die erste Sechs und löst bei Bine heftigen Protest aus, als er ihr das Minikleid über den Kopf ziehen will.

„Ich habe die erste Runde frei!" tadelt sie meinen Freund.

„Nein, nein, meine Liebe, dafür musst du schon eine Eins würfeln. Von einer Sechs war nicht die Rede."

Alle klatschen Beifall und Bine muss die Schmollende mimend klein beigeben und sich von Jupp das Kleid über den Kopf ziehen lassen. Nur in einem

Transparenten BH und einem fast nichts verdecken-
den Tanga sind alle Augen auf Bine gerichtet.

Hanna hat sichtlich Vergnügen an diesem Anblick.
„Na dieser Augenschmaus ist aber auch sehr appetit-
anregend. Da läuft dir doch nicht nur im Mund das
Wasser zusammen!"

Das sitzt. Und es dauert eine Weile, bis alle Hannas
Anspielung verstanden haben.

Und Hanna setzt auch noch gleich einen drauf, da sie
nach Jupp einen Einser würfelt. Entgegen aller Erwartungen zieht sie nicht ihr Oberteil aus, sondern öffnet
den Gürtel und lässt ihre Hose mit verführerischen
Hüftbewegungen über ihren nackten Hintern gleiten,
auf den uns der String ihres Tangas die Sicht nicht ver-
sperrt. Als sie sich zu uns umdreht, lässt uns die Win-
zigkeit von Stoff ihres Tangas deutlich wissen, dass sie
ihre Venuserhebung von Haaren befreit hat und zwischen ihren beiden muskulösen Schenkeln ihre Pforte
unverdeckt einlädt.

Mit einer Drei bin ich beim Spiel noch außen vor.
Auch Tina lässt es offensichtlich mit fünf Augen erst
mal gemütlich angehen. Im Gegensatz zu Bine, die
mit einer Eins zwar ein allgemeines „Schade!" hervor-
ruft, aber durchaus Spannung in die nächste Runde
bringt.

Mit Danys Sechser bekommen wir nun auch auf die
letzten Brüste einen ersten Blick, denn Dany zieht

Tina die schwarze Seidenbluse aus. Tinas Büstenhebe versteckt nichts von ihrer ansehnlichen Oberweite. Wie auf einem Präsentierteller bieten zwei knallrote spitzenverzierte Stoffschalen Tinas prächtige Brustkugeln an. Als zeige die rote Umrahmung noch nicht genügend Stolz, erheben sich aus wohlgeformten rosa Höfen zwei große steil hochgereckte Nippel. Tina genießt unsere Blicke sichtlich.

Bines Einser und Jupps Sechser sorgen in den anschließenden beiden Runden dafür, dass Bine wirklich die erste splitternackte in der Runde ist. Kaum hat sie ihren BH abgelegt, war Jupp auch schon dabei, ihr den String aus ihrer Pofalte zu ziehen und uns zum Vergnügen Bines Lustschloss zu präsentieren.

Bines Revanche folgte auf den Fuß, denn sie würfelt dreimal hintereinander eine Sechs und sorgte dafür, dass Jupp ebenfalls nackt neben ihr sitzt. Besonderes Vergnügen bereitet ihr dabei, Jupps widerspenstige Liebesrute aus dem knappen Slip zu pellen, da dieser sich unter dem Gummizug verheddert hat. Eher als eigentlich vorgesehen muss sie um nachzuhelfen, Jupps prallen Schwanz im wahrsten Sinne in den Griff bekommen.

Hanna legt mit zwei Einsern Hand an ihre eigene Kleidung. Sie entschied sich dafür uns zuerst ihre muskulösen Pobacken und ihr blankrasiertes Liebesnest zu zeigen und sitzt eine ganze Weile nur im schwarzen

Bustier in der Runde. In diesem Outfit bekommt sie aber mit einer Sechs die Möglichkeit, auch meinen hochaufgerichteten Schwanz aus dem Slip zu befreien, denn mein T-Shirt musste einem Einser von mir weichen und Dany machte sich mit einer Sechs über meine Jeans her.

Bevor auch Dany ihre letzten beiden Kleidungsstücke von Tina und mir abgelegt bekam, traf es Bine mit einer Eins als erste, eine Karte zu ziehen. Gespannt waren alle Augen auf Bine gerichtet, als sie die erste ‚Du musst-Karte' zog: „Tanze jeweils vier Walzerschritte mit voller Drehung vor jedem Mitspieler!"

4.

Diese Aufgabe löst bei allen begeisterte Zustimmungsrufe aus. Und Bine beginnt auch gleich vor Hanna mit ihren ersten Drehungen.

Jupp, der gerade am Buffet gestanden war, setzt sich sofort wieder auf seinen Platz mit der Bemerkung: „Lass mich zuerst die richtige Augenhöhe herstellen, bevor du mich antanzt, liebe Bine!"

Es herrscht wirklich sichtliches Vergnügen, den geschmeidigen Bewegungen von Bine zu folgen. Weder mir, noch Jupp ist es möglich, die Erregung über Bines Präsentation von wackelnden Busen, knackigen Pobacken und schimmernden Schamlippen zu verbergen. Aber auch ein Blick auf Tinas und Danys mächtigen Brüste reicht, um an ihren steinharten Nippeln den Lustpegel abzulesen, der sich auch bei ihnen eingestellt hat. Hannas Bustier verdeckt zwar noch die Details, aber die beiden knopfartigen Stielaugen unter der schwarzen Spitze lassen auch ihre geilen Gedanken nicht im Verborgenen.

Mein Sechser in der nächsten Runde bringt mich in den Genuss, Danys Oberkörper zwei Minuten lang zu streicheln. Ich setze mich hinter sie, gleite mit meinen Händen zunächst von ihrem Hals den Rücken hinunter bis auf ihre Hüfte. Dann lege ich die Arme um sie, ergreife auch vorne zuerst ihren Hals und lasse meine Finger langsam auf ihre voluminösen Bälle gleiten. Über ihre Schulter kann ich in die lüsternen Blicke in den Gesichtern der anderen gut mitverfolgen. Ich halte ein und widme mich ausgiebig den beiden widerspenstig harten Nippeln, die Dany ihren properen Brüsten aufgesetzt hat. Mein Verweilen auf den beiden Lutschbonbons versetzt Danys Atemzüge in eine andere Tonart. Erst in den letzten Sekunden verlass ich ihre Hügellandschaft, kuschel meine Hände kurz zwischen Brust und Bauchansatz und mache mich langsam streichelnd auf den Weg nach unten bis zu ihrer Gürtellinie.

Tina befreit mit einer Sechs Hanna von ihrem Bustier und verliert durch Bine und Hanna auch ihre Brusthebe und ihren Slip.

Jupp zieht mit einer Sechs die nächste Karte: „Massiere den Hintern deines rechten Nachbarn!"

Bevor Hanna sich auf den Bauch legt, will sie wissen, wie lange Jupp sich ihrem Hintern widmen soll.

„Zwei Minuten!" Danny strahlt über das ganze Gesicht. „Ich habe Max Hände auch zwei Minuten ertragen! Dann genieße du jetzt bitte auch mal zwei Minuten lang zwei Männerhände!"

Alle lachen und Jupp streicht genussvoll über die durchtrainierten Erhebungen von Hannas Hinterteil.

„Tina, bitte besorg mir doch mal Öl aus dem Badezimmer!"

Schon ist Tina aufgesprungen und saust Richtung Bad. Auch das ist ein unerwartet erotischer Genuss, denn natürlich können Tinas mächtige Titten ihrer Geschwindigkeit nicht Schritt halten und lassen sowohl mein Männerherz höherschlagen als auch die Spannkraft meiner Lenden meinen Speer nach oben richten. Tinas Assistenz als Öl-Träuflerin für die Massagegriffe ihres Mannes verstärken die erotische Umdrehungszahl um ein Erhebliches. Jupp ist ein Meister dieses Faches und so kann sich auch Hanna nicht dagegen wehren, dass ihr unter Jupps Fingerspiel Laute entgleiten, die sie nicht mehr unter Kontrolle hat.

„Wie lange muss ich denn warten, bis mir Massage an anderen Stellen angedeiht?" Hanna dreht sich nach zwei Minuten um, sieht Jupp anerkennend an. „Ganz ehrlich, wenn du noch lange weitergemacht hättest, wäre garantiert kein Öl mehr nötig gewesen!" Lachend sieht sie zu Danny hinüber, die sich auch ein verschmitztes Lächeln nicht verkneifen kann.

Danny ist auch die, die mit der nächsten Sechs eine Karte ziehen darf.

„Spiele mit deiner Zunge an der Brust bei einem Partner deiner Wahl!" Danny wählt Bine. Und auch diesmal werden wieder genau zwei Minuten gestoppt. Bine legt sich auf der Couch zurück, Dany kniet neben ihr auf dem Boden, streckt uns ihren imposanten Hintern zu und beginnt mit ihrer Zunge Bines Nippel zu umzüngeln. Bine macht auch gleich keinen Hehl aus ihrer Lust an diesem Zungentanz. „Wow!", entfährt es ihr, „das ist geil!" Sie schließt die Augen und lässt ihrem leicht geöffneten Lippen ein Stöhnen nach dem anderen folgen. Es ist auch nicht zu übersehen, dass Danys Lippenspiel an ihren Nippeln eindeutige Signale geradewegs in ihre Lendengegend sendet. Bines leicht gespreizten Beine lassen einen wunderbaren Blick auf ihre rosaroten blankrasierten Schamlippen zu, an denen an der ein und anderen Stelle kleine glänzende Nektarperlen zu erkennen sind. Den zu beobachtenden Drang, mit den eigenen Fingern dort Danys Spiel zu unterstützen, kann Bine wohl im letzten Moment noch widerstehen. Dafür lässt sie ihrem lauten Stöhnen hörbar freien Lauf. Jupp und Hanna haben sichtbar erregte Freude am Spiel der beiden jungen Frauen. Tinas Blick spüre ich zumindest ab und zu direkt auf meinen aufgerichteten Speer.

Ich blicke mich im Wohnzimmer meines Freundes um. Diese Phantasie, sechs splitternackte Menschen haben Spaß am Spiel mit ihrer Lust. Das ist eigentlich ein Ausschnitt aus meiner Phantasie und real nur auf dem Bildschirm in Pornofilmen für mich gewesen. Nun sitzen da mir Vertraute, die keine Hemmungen zeigen, ihrer Lust freien Lauf zu lassen. Die ersten Karten haben mich in ihrer zarten Phantasie überrascht und machen mich sehr gespannt, wie eine Steigerung denn aussehen wird.

5.

Tina zieht die nächste Karte, weil sie eine Eins gewürfelt hat: „Knie dich auf einen Stuhl, streck deinen Po nach oben und lass dir von jedem einen Klaps auf den Hintern geben."

„Aua, aua, aber nicht zu fest bitte!" Tina zieht einen Stuhl in die Wohnzimmermitte, beugt sich mit dem Oberkörper über die Lehne, lässt ihren Busen beeindruckend frei nach unten baumeln.

Jupp bewegt sich grinsend auf seine Frau zu. „Du musst deinen Hintern schon nach oben strecken, sonst treffen wir doch nicht richtig!"

Tina streckt ihre Oberschenkel und macht ein Hohlkreuz, so dass sich ihre Pobacken eine propere Rundung annehmen. Jupp versetzt ihr einen eher unsanften Klaps auf die rechte Backe.

„Aua!", ruft Tina lachend, „du hättest mich schon mehr schonen dürfen, du Lüstling!" Weil Jupp allzu nahe an ihr vorbei geht, revanchiert sich Tina mit einem kurzen Griff an seinen steil aufgerichteten Ständer. „He, he! Hände weg!" ruft Jupp, du hattest eine Eins und keine Sechs gewürfelt!"

Schon landet der nächste Klaps auf Tinas Po. Hanna nahm sich der anderen Pobacke an. Dany schlägt gleich nach Hanna wieder rechts auf Tinas Hinterteil, ich bediene Tinas linke Poseite und Bine gab mit beiden Händen den etwas rosa angelaufenen Rundungen rechts und links einen Klaps. Tina dreht sich um.

„Das war ein Schlag mehr als Spieler da sind? Da habe ich jetzt etwas gut, oder?" Fragend sieht sie in die Runde.

„Okay!" Bine lacht, „nachher einen Orgasmus weniger!"

Tina gibt Bine einen Schups, dass sie nach hinten auf die Sessellehne kippt.

„Du willst mir wohl den Spaß verderben, ha? Wart nur, bei meinem nächsten Sechser bist du dran!"

Auch ich würfle eine Eins und muss eine Karte ziehen. Die Aufgabe ist gerade zu intellektuell.

„Stelle zwei Stühle in die Zimmermitte ca. 50 cm auseinander und präsentiere dich dort in der Da Vinci-Pose des vitruvianischen Menschen!"

Wie gefragt stelle ich mich auf den beiden Stühlen in Pose. Meine Beine gespreizt und die Arme seitwärts nach oben gestreckt, verweile ich wie eine Statue.

„Leonardo hätte seine helle Freude an dir gehabt und sich mit seinem Bleistift ganz bestimmt dem himmlischen Fingerzeig deiner stolzen Latte gewidmet!"

Tina steht mit ihrer Nase nur Zentimeter vor meinem prallen Schwert. Sie greift nach meinem guten Stück.

„Ich habe doch noch etwas gut, oder?"

„Nein, nicht anfassen!" Dannys Tadel lässt Tinas Hand augenblicklich sinken. Entschuldigend sieht Danny Tina an und outet sich mit ihrer Bemerkung wohl als Kartenschreiberin. „Noch nicht, Tina, es gibt doch noch heftigere Runden, oder etwa nicht?" Tina grinst und wechselt auf meine Rückseite, um Helga Platz zu machen, die auch einen ganz genauen Blick auf meine steife Rute wirft. Jupp und Danny ersparen mir ihre genaue Begutachtung ebenfalls nicht. Nur Bine meint lapidar: „Ein mir bekannter nächtlicher Stick!" Doch dann bleibt sie doch vor mir stehen und schleckt sich genüsslich mit der Zunge über ihre Lippen.

Bine muss anschließend gleich mit ihrer gewürfelten Eins zehn Hampelmann-Sprünge vorführen. Und wie es sich gehört, dreht sie sich nach fünf Sprüngen um, so dass jeder in den Genuss ihrer lustig hüpfenden Bälle und auch ihres knackigen Hinterns kommt.

Hanna revanchiert sich mit ihrer Sechs bei Jupp und macht sich an ein zweiminütiges Streicheln seines Lustspeers. „Sei bloß vorsichtig, meine Liebe, ich habe noch mehr vor heute Abend und will nicht schon jetzt mein ganzes Pulver verschießen!" Hanna kichert und widmet sich den ersten Streicheleinheiten an Jupps Ständer. Tina beobachtet sie etwas schelmisch dabei. „Fühlt sich doch gar nicht so schlecht an, zwischendurch auch mal was männlich Steifes in den Fingern zu halten, oder?" „Ist nicht so übel, aber ich komme ganz gut auch ohne aus!" Helgas Antwort ist sehr klar und zaubert Dany ein süßes Lächeln auf ihr Gesicht.

Helga erhält von Tina eine Brustmassage und Bine räkelt sich auch noch zwei Minuten auf der Couch.

Mit ihrer Eins tappt Danny in ihre eigene Zweier-Falle. Denn dass sie selbst die Kartenschreiberin ist, kann sie nicht leugnen.

„Stell dich in der Da Vinci-Pose auf die beiden Stühle und lasse dir von deinem rechten Nachbarn mit Lippen und Zunge deine intimste Stelle verwöhnen!" Dieses Vergnügen gilt nun mir. Ich reiche Danny meine Hand, um ihr auf den Stuhl zu helfen. Sie stellt das linke Bein auf den zweiten Stuhl , hebt die Arme seitwärts nach oben und sieht auf mich herab, als ich vor ihre blanke Lustblüte trete. Ein Atemzug erlaubt mir die Lust der mir dargebotenen Frucht in mir auszusaugen. Meine Hände sind nicht nötig, mir den Zugang zu Danys Allerheiligsten zu verschaffen. Meinem leichten Züngeln geben ihre Labien sofort nach und lassen mich die ersten köstlichen Tropfen ihres Liebestranks kosten. Lautlosigkeit ist mir nicht möglich. Alle bekommen mit, dass Dany ganz offensichtlich in überschwänglicher Lust auf unser Gesellschaftsspiel reagiert. Es bedarf wirklich nur einen Zungenschlag, um diese lüsterne Auster zu öffnen und ihr edle Tropfen zu entlocken. Mein Schlürfen wird nicht nur von Danys Stöhnen begleitet. Sichtbar für alle ist mein hoffnungsloser Versuch mir ihren Nektar vollständig zu gönnen, denn an Danys Oberschenkel läuft der Saft, den meine Zunge nicht aufnehmen kann, langsam kniewärts. Und diese beginnen jetzt leicht zu zittern. Hanna tritt von hinten an Dany heran und hält sie an ihrer Taille. Scheinbar hat sie Angst, Dany könnte in ihrer Lüsternheit von den Stühlen kippen. Ich suche ganz bewusst die kleine Perle die sich unter ihren fleischigen Schamlippen versteckt. Dany kann Da Vincis Pose nicht halten. Wie elektrisiert entwindet sie sich, als ich mit meiner Zunge ihre Schatztruhe tanzend plündere. Ein langgezogenes „Juuuuh!" und ihre zitternden Knie lassen vermuten, dass sie sich

wünschte, die zwei Minuten, die mir ihr Juwel ge-
gönnt war, dürften gerne länger dauern.

Jupps Sechser beschert Bine eine zweiminütige Ganz-
körper-Öl-Massage. Und Jupp lässt sich dabei nicht
lumpen. Vor unser aller Augen, massieren seine ge-
schickten Finger Bine nach allen Regeln der Kunst.
Und er achtet sehr penibel darauf, dass Bine auch an
den empfindlichsten Stellen mit Öl gelabt wird. Schon
da seine Hände auf ihrem Busen das Öl verteilen, rollt
sie lüstern mit den Augen. Und das Angebot das Bine
ihm mit dem leichten Spreizen ihrer Schenkel macht,
lässt er sich natürlich nicht entgehen und dringt zu ihrer empfindlichen Muschel vor. Ihr Stöhnen hält Bine
jedoch nicht davon ab, Jupps aufrechten Speer genau
im Auge zu behalten.

6.

Und dann liegen da tatsächlich nur noch die drei Finalen Karten auf dem Tisch. Hanna ist es, die eine
Eins würfelt. Alle Augensind auf sie gerichtet, als sie
nach der roten Karte mit der Drei drauf greift. Hanna
zelebriert ihren Auftritt: Sie sieht uns alle spitzbübisch grinsend an. Hält die Karte mit der freien Hand
verdeckt gegen ihre nackte Brust und liest sie nach
unten schielend, ohne dass jemand mitlesen kann.

Tina wird ungeduldig. „Jetzt spann uns nicht so lange
auf die Folter! Sag, was du machen musst, los!"

Hanna lacht und sieht Tina an. „Du bist leider nicht mit von der Partie! Darfst leider nur zuschauen!"

„Wenn ich genug zu sehen bekomme, habe ich gar nichts dagegen!" Tina zuckt mit ihren Achseln und lässt ihre zwei Bällchen dabei hopsen. „Los, sag, was du machen musst? Komm schon!"

Hanna sieht noch einmal in die Runde und liest dann laut:

„Lass dich von deiner/m Partner/in für alle sichtbar zum Höhepunkt treiben.

Danach könnt ihr beide euch eine Pause gönnen und beteiligt euch nur mehr als Zuschauer am Spiel!"

„Wow, das nenne ich mal ein geiles Spielfinale! Jetzt sind die besten Plätze gefragt, würde ich mal sagen, oder?" Tina rutscht ungeduldig auf der Couch hin und her. Jupp grinst. „Lass aber deine Finger schön bei dir, meine Liebe, wer weiß, was auf den anderen beiden Karten noch auf uns wartet!" Er schiebt Tinas Hand von seinem Oberschenkel, wohl wissend, dass sie sich leicht in Richtung seiner erregten Männlichkeit nähern könnte.

Hanna bittet die beiden, sich auf die Sessel zu setzen, da Dany und sie nun Platz auf der Couch bräuchten. Jupp setzt sich in den Sessel, den Dany freigibt und Tina setzt sich auf die Armlehne neben ihm. Sie will ganz offensichtlich sicher gehen, auch nicht eine Kleinigkeit des kommenden Schauspiels zu verpassen.

Und sie hat nichts dagegen, dass Jupp seinen Arm um ihre Hüfte legt und mit seinen Fingern ihrer Leiste verdächtig nah kommt.

Als Hanna flüsternd Dany bittet, sich auf die Couch zu legen, nutze ich die Vorbereitungen, um bekanntzugeben, dass die Eins auf dem Würfel nun keine Bedeutung mehr hat und nur mehr eine Sechs zu den beiden letzten Karten führen würde.

Dany liegt auf dem Rücken auf der Couch. Hanna setzt sich auf die Armlehne der Couch, stellt ihre Füße rechts und links neben Danys Kopf ab und rutscht langsam zu Danys Kopf hinunter. Dany zieht mit ihren Händen Hannas gespreizte Schenkel über ihr Gesicht und sucht mit ihrer weit rausgestreckten Zunge Hannas Schamlippen zu teilen. Hanna ist ihr dabei behilflich, schiebt mit den Fingern beider Hände ihre Labien in Richtung ihrer Leisten und rutscht gleich mit einem Zeigefinger in ihre Fut, um sie für Danys Zunge zu öffnen. Während Hannas Zeigefinger sich von oben ihrer Lustperle nähert, pirscht sich Danys Zunge von unten an sie heran. Das erste lustvolle „Jaah!" aus Hannas Mund signalisiert die erfolgreiche Annäherung. Dany weiß wohl sehr genau, wie sie Hanna in Ekstase bringen kann. Mit einem Arm umklammert sie Hannas Oberschenkel und zieht ihre schimmernde Lustspalte in die bequeme Reichweite ihrer vibrierenden Zunge. Hanna lässt ihr alle Freiheiten, ihre freigelegte Perle zu bespielen. Mit Daumen und Zeigefinger drückt sie die störenden kleinen Schamlippen auf die Seite, um Danys Zunge die ganze Tanzfläche um ihre Klit zu überlassen. Und Dany lässt ihre Zunge wahrlich auf dieser kleinen aufgestellten Perle tanzen. Es dauert nicht lange, bis Hanna ihr Kinn auf ihre Brust gedrückt, beginnt urige Lustmelodien von sich zu geben, die einem Regenwald-Vogelgezwitscher ähneln. „Jojojojoh! Mach, mach! Jojojojoh!" Dany kennt die geilen Anfeuerungen wohl aus dem Effeff, denn sie steigert ihren Zungenschlag und damit auch das ekstatische Zittern, das sich langsam über Hannas Körper hermacht. Plötzlich wirft sie ihren Kopf in den Nacken, presst mit einer Hand einen Busen an ihre Brust und versucht ihre Schenkel noch weiter zu spreizen. Dany lutscht sich in Hannas Lustgrotte fest. „Jaaaah!" Hanna schreit, wirft ihren Oberkörper nach hinten, befreit sich aus Danys saugenden Lippen, hebt ihren Po nach oben und presst nun beide Hände auf ihre klatschnasse Möse. Dany rutscht unter Hannas Beinen vor, dreht sich um, zieht Hanna auf die Couch zurück und beginnt ihren Busen, ihren Hals und ihr Gesicht zu küssen. Sie nimmt Hanna liebevoll in die Arme und scheint Hannas Körperbeben in sich aufzunehmen. Wie ein Kunstwerk liegen die beiden nackten Frauen vor uns auf dem

Sofa. Prall und muskulös erheben sich Danys Pobacken fast beschützend über dem üppigen Leibern, den Schenkeln und den Brüsten der beiden. Zärtlich küsst Dany ihre befriedigte Partnerin und es sieht so aus, als nähmen die beiden uns mucksmäuschen stille zusehenden Genießer nicht wahr.

Im Augenwinkel nehme ich wahr, dass Tina nicht umhinkonnte, mit ihrer Hand selbst zwischen ihre Beine zu greifen und sich neben dem Augenschmaus selbst dem Wonnegefühl von Hanna anzunähern. Wir bleiben noch eine ganze Weile ruhig sitzen, ohne unseren Blick von den beiden sich liebenden Frauen zu lassen. Bine küsst mich. „Boah, ich bin total geil auf dich!", flüstert sie.

Tina bricht glucksend das Schweigen. „Ich auch, Bine. Schau her!" Sie spreizt ein wenig ihre Beine und lässt uns sehen, dass ihre Finger ganze Arbeit geleistet haben.

Dany rollt von Hanna runter gegen die Rückenlehne. Die beiden Couchmädchen lächeln zu uns Sesselpärchen und präsentieren sich wunderschön in ihrer verführerischen Nacktheit.

„Habe ich das richtig verstanden, wir sind jetzt nicht mehr im Spiel?" Dany sieht mich fragend an.

„So ist es! Ab jetzt seid ihr nur noch Zuseher!"

Hanna stützt sich scheinbar protestierend auf den Ellenbogen. „Aber nach dem Spiel ist der Abend noch nicht beendet, oder?"

Jupp lacht hell auf. „Wen ihr ihn nicht beenden wollt, dann nicht. Eigentlich war es so gedacht, dass wir in den Frühling hineinvögeln! Und bis Mitternacht ist es noch eine Weile hin!"

Bine greift nach dem Würfel. Und lässt ihn über den Teppich kullern. Tinas und Bines Schrei kommen gleichzeitig. „Sechs!" Bine springt auf und greift nach der grünen Dreierkarte.

Hanna setzt sich auf. Dany legt ihren Kopf in Hannas Schoß. Hannas Hände bewegen sich streichelnd über Danys Brüste, während alle gespannt zu Bine sehen. Bine liest laut vor:

„Entscheide dich für ein Paar, das in der von dir bestimmten Stellung mindestens einen von beiden befriedigt!"

„Wenn ich dabei zusehen will, kann ich mich ja gar nicht entscheiden. Da bleibst nur du, Tina und der Jupp!"

Ich lache. „ Erstens, steht ja nicht auf der Karte, dass du zusehen musst und zweitens, konnte ich beim Schreiben der Karte ja nicht wissen, ob diese Karte vor der letzten Einserkarte gezogen wird oder nicht."

„Gut!", sagt Bine, „ Ich entscheide mich trotzdem für Tina und Jupp! Und wisst ihr was, ich will sehen, wie dich der Jupp von hinten nimmt. Ist doch eine geile Aussicht, oder?" Sie sieht zu den Beiden Frauen auf der Couch rüber. Hanna nickt heftig.

Bine steht auf, sieht mich an. „Komm, heb mal den Tisch mit weg, dann können es die beiden auf dem Teppichtreiben und Hanna und Dany können dabei weiter auf der Couch relaxen.

Dany hebt grinsend ihren Kopf. Ich muss nicht relaxen, bleib aber gerne in meiner bequemen Stellung liegen, denn die Aussicht von hier ist phantastisch!"

Jupp und ich heben den Tisch vorsichtig an die Seite. Tina okkupiert sofort die freie Teppichfläche und räkelt sich vor unseren Augen, bevor sie sich demütig umdreht und ihren Po nach oben streckt, um ihn Jupp einladend zu präsentieren. Er lässt sich langsam hinter Tina auf die Knie mit einem spöttischen Blick hin zu Bine, die ihren Sessel so zurechtrückt, dass sie einen unverstellten Blick auf das zu erwartende Schauspiel zu haben. Jupp drückt mit seiner Hand seinen hochaufgerichteten Speer nach unten, wo ihn sogleich Tinas Hand entgegennimmt und ihm zielgenau den Weg weist, den er auch widerstandslos einschlägt. Fast vorsichtig gleitet Jupps Liebesstab in das ihm dargebotene Nest. Ebenso langsam, wie er sich in Tina versenkt hat, zieht er sich wieder aus ihr zurück. Jupp sieht zu Bine hinauf und zieht grinsend eine fragende Mine. Bine rutscht ungeduldig auf ihrem Sessel hin und her.

„Du kannst mich nicht noch länger auf die Folter spannen!" Tina drückt ihren Kopf auf den Teppich und wackelt ungeduldig mit ihrem Hinterteil. „Komm fick mich endlich! Sonst geh ich heute Abend noch fremd! Jetzt mach schon!"

Jupp holt sich mit Bines Kopfnicken offensichtlich das Startzeichen. Mit einer kräftigen Hüftbewegung rammt er seinen Spies Tina in ihre Lusthöhle. Und dann gibt es wohl für ihn auch kein Halten mehr. Mit beiden Händen packt er Tinas Hüften und jagt seinen Schwanz ein um das andere Mal bis zum Anschlag in sie hinein. Tina feuert ihn fast kreischend zu Höchstleistung an und stemmt sich selbst mit aller Macht gegen jeden Stoß, den er in sie setzt. Die Spanne, die Paulo Coelho ‚Elf Minuten' nennt, verkürzt sich elementar und wird mit Jupps urigem Gestöhne bereits nach allerkürzester Zeit eingeläutet. Jedoch schafft er es zumindest auch Tina in den ersten orgastischen Tönen jubeln zu lassen. Jedoch scheint es so, dass er sich in ihr etwas zu früh verausgabt zu haben, denn als er sich windend und fast entkräftet aus Tina zurückzieht und nach hinten umfallen lässt, braucht Tina offensichtlich noch die eigenen Finger, um den ersehnten Punkt ihrer Geilheit zu überschreiten. Und so bekommen wir von ihr noch ein Nachspiel vom

Allerfeinsten serviert, den Tina dreht sich sogar noch auf den Rücken, um sich vor unseren Augen mit dem Finger ihre Perle solange zu massieren, bis sie mit einem spitzen Aufschrei sich krampfend dem Kampf mit dem überschwappenden Orgasmus stellt. Für die beiden Mädchen auf der Couch und für mich ein göttliches Schauspiel. Bine hat sich währenddessen aber mehr den Verrenkungen meines Freundes gewidmet, der neben ihrem Sessel am Boden der Bewältigung seines orgastischen Tsunamis vorgenommen hat. Wie dahingestreckt liegen unsere beiden Gastgeber wild schnaufend auf dem Boden ihres Wohnzimmers und ergeben sich ihrer langsam abebbenden Befriedigung.

„Ich will jetzt nicht mehr würfeln!" Bine springt plötzlich auf, läuft zum Tisch und schnappt sich die gelbe Karte und liest:

„Das Paar, das bisher noch nicht final beteiligt war, bringt sich vor den Augen der anderen gegenseitig zum Orgasmus!" Sie wirft die Karte hinter den Sessel und ehe ich mich versehe, sitzt sie den Rücken zu mir gewandt auf meinem Schoß und verleibt sich meine zum Platzen gespannte Pike ein und beginnt ohne langes Fackeln einen wilden Ritt. Ich spüre, dass sie auch ihre Finger auf ihrer Muschel tanzen lässt und dabei auch immer wieder meinem prallen Schwengel in den Genuss von zusätzlicher Massage kommen lässt. Sie stöhnt, sie keucht, sie japst. Ich greife mit beiden Händen ihre Brüste und zwirble ihre harten Nippel mit meinen Fingern. Ich weiß, dass ich sie allein mit meinem Spiel mit ihren Nippeln sie zur hemmungslosen Weißglut treiben kann. Ich weiß, dass Bine im Moment nur darauf aus ist ihre aufgestaute Geilheit mit einem Quicke zum explodieren zu bringen. Ich weiß, dass das geile Bild, dass die vier Augenpaare im Moment vor sich haben nicht allzu lange zur Verfügung stehen wird, weil Bine bereits jetzt anfängt ihre Geilheit in den Raum zu rufen. „Komm, komm!", ruft sie, während sie sich immer schneller auf meinem Schoß nach oben und nach unten bewegt. Während ich meinen Steifen von hinten zwischen ihren Pobacken immer wieder verschwinden sehe, spiegelt sich in meiner Phantasie das Bild von ihren gespreizten Schenkeln, zwischen denen meine Rute immer wieder tief in sie eintaucht und ihrer Finger, die mit atemberaubender Geschwindigkeit über ihre pralle Perle schlittern. Meine Finger an ihren Nippeln vervollständigen das lüsterne Schauspiel, dass den vier Voyeuren vor uns wieder neue erotische Lebensgeister einhauchen wird. Bine ist angekommen. Ich merke, wie sie sich über mir zusammenzieht. Sich zitternd und bibbernd der Flutung ihrer Geilheit überlässt und mit ihren unbeherrschten Bewegungen auch mich dahin katapultiert, wohin mir bereits den ganzen Abend der Weg gewiesen wurde. Ohne Gegenwehr lasse ich die Orgasmuswelle über mir zusammenschlagen. Im Schutz hinter Bines Rücken presse ich mit einer fast epileptischen Bewegung noch einmal meinen Schwanz tief in sie hinein und ergebe mich dann der ungehemmten Entladung. Nahezu komatisch verliere ich für einige Augenblicke völlig die Orientierung, schnappe nach Luft und ziehe ihren zappelnden Körper auf mich herunter. Schwer atmend bleiben wir für einigen Minuten aneinandergesteckt auf unserem Sessel liegen. Für die anderen bieten wir wohl ein erregendes Prachtbild, das wir vor nicht allzu langer Zeit selbst mit den beiden Nackten, Hanna und Dany auf unserem Bildschirm hatten.

Das Spiel ist zu Ende, der Abend noch nicht. Nach einer zunächst gemeinsamen Runde am Buffet, bleiben heftig politisch diskutierend Jupp und ich zurück. Gemeinsam machen wir uns auf die Suche nach den Frauen.
Hanna und Dany finden wir gemeinsam in der Badewanne. Mit einem Bier in der Hand sind wir in der Badezimmertüre zeugen, wie Hanna nun dafür sorgt, dass auch Dany einen wohl verdienten Höhepunkt erleben darf. In Hannas Armbeuge lehnend, die Lippen am Nippel einer ihrer Brüste lässt Dany Hanna im

warmen Badewasser mit den Finger in ihr Liebesnest eintauchen und sich damit augenscheinlich zum Höhepunkt treiben. Ob Dany uns bemerkt, ist nicht klar, Hanna jedoch genießt unsere Anwesenheit, konzentriert sich aber sehr bewusst darauf, Danys Höhenflug nicht abreißen zu lassen. Nach einigen Minuten schafft sie es, vor unseren Augen Dany die Kontrolle über sich verlieren zu lassen. Es ist ein Gedicht, diese hübsche propere Frau schwer atmend, entspannt, glücklich und befriedigt in den Armen ihrer Geliebten beobachten zu können. Nun sieht sie uns auch, lächelt und dreht sich etwas beschämt in Hannas Busen.

Wir beide ziehen weiter ins Schlafzimmer, wo wir unsere beiden Frauen auf dem Bett vorfinden. Bine kuschelt ihren Kopf gleich einem Kissen in die weiche Üppigkeit von Tinas Brüsten.

„Zu spät, meine Herrn!" Bine lächelt. „Das was euch richtig angemacht hätte, habt ihr wohl verpasst!"

Jupp setzt sich aufs Bett neben die beiden nackten Frauen. „Erzähl, was haben wir verpasst?"

Bine schüttelt den Kopf. „Ich sagte doch, zu spät! Politik ist halt wichtiger für Männer, als zwei splitternackte Nymphen!" Sie lacht, ohne sich von Tina zu lösen. Ich stelle mein Bier ab und lege mich neben Bine. Auch Jupp wechselt seine Stellung in die waagrechte. Und nun dauert es nicht lange, dann sind sowohl

Tinas als auch Bines Hände fleißig damit beschäftigt, unsere Männlichkeit wieder in eine imposante Stellung zu bringen. Und mit dem verführerischen Spiel von Tina und Jupp vor den Augen, fällt es mir nicht schwer ein zweites Mal Bines Angebot wahrzunehmen, tief in sie einzudringen. Diesmal nehmen wir uns viel, sehr viel Zeit. Und auch danach ist diese Nacht noch nicht zu Ende.

7. Epilog

Es riecht nach Kaffee. Tina war die erste auf und hat uns alle mit dem belebenden Morgengetränk versorgt. Dany und Hanna sind von der Couch zu uns ins Doppelbett übergesiedelt und so sitzen wir Haut an Haut, jeder mit einem Becher Kaffee in der Hand im Bett und bewundern unsere morgendliche Nacktheit.
„Es war ein wunderbarer Abend und eine wunderbare Nacht!" Bine nimmt einen Schluck Kaffee nach ihrem Resümee der vergangenen Nacht.
„Uns hat es riesig Spaß gemacht!" Hanna sieht Dany an, die heftig mit ihrem Nicken zustimmt.
„Und ich finde, es ist so viel amüsanter und auch entspannter, als auf einem öffentlichen Event wie den Schabernacktball, oder?" Bine sieht zuerst mich an und dann Jupp, der auch seinen Kommentar abgibt.

„Das ist wohl wahr und ich habe nichts dagegen, wenn wir das wiederholen!"

Bine schüttelt leicht den Kopf. „Nicht gleich übermütig werden, junger Mann. Ich denke, wir haben ganz tolle Bilder in unserem Kopf und da kann es im Schlafzimmer schon wieder eine Weile richtig abgehen, oder etwa nicht? Ich würde sagen, wir belassen es bei einer Frühlingsparty. Du, Jupp hast ja jedes Jahr Namenstag am 19. März. Wollen wir das Wochenende um diesen tag nicht immer wieder für diese tolle Party reservieren?"

Tina blitzt mit ihren schelmischen Augen über ihren Kaffeebecher. „Das ist eine super Idee. Und ganz ehrlich, ich beginne bereits heute mich wieder auf den Tag zu freuen."

„Wenn ihr uns wieder einladet, sind wir ganz bestimmt auch wieder dabei!" Dany greift mit einer Hand nach Hannas Knie, die zustimmend in die nackte Morgenrunde nickt.

Die Gärten bei Sonja

Nun sollte Bernd die Sache mit der Hauswand endlich angehen. Im Oktober letztes Jahr hat ein heftiger Hagel an der Westseite seines Hauses einen beachtlichen Schaden angerichtet. Laut Gutachten über viertausend Euro Kosten, die von der Versicherung jetzt auch ausgezahlt wurden. Neu verputzen und streichen ist nicht sein Metier. Mit Holz kommt er sehr viel besser zurecht, deshalb hat er sich entschieden, die Wand mit Lärchenholz zu verkleiden. Holz Huber ist die beste Adresse für ihn. Sonja ist die Juniorchefin. Vor etlichen Jahren war Sonja in seiner Clique und sie sind sehr viel miteinander um die Häuser gezogen. Der Kontakt ist irgendwann abgerissen, wenn er sich recht entsinnt, war sie damals schwanger. Wahrscheinlich war es mit dem Baby wohl ein zeitliches Problem, das sie an den regelmäßigen Kneipen- und Disco-Besuche hinderte. Jedenfalls ist sein Kontakt zu ihr in den letzten Jahren gleich Null gewesen, ihre Nummer hat er aber immer noch gespeichert.

„Hallo, Bernd, welch seltener Anruf! Lebst du auch noch?" Ihre Stimme klingt noch genauso lebhaft wie vor sechs Jahren.

„Dasselbe könnte ich dich fragen! Du bist abgetaucht und weg warst du! Wie geht es dir denn?"

„Ach du, ich kann nicht klagen. Die Geschäfte laufen und auch die Kleine macht sich gut, kommt im September in die Schule."

„Und wie geht es Tschako? Ist er immer noch im Radrennmodus unterwegs?"

„Ach Bernd, keine Ahnung, wir sind ja schon seit fünf Jahren nicht mehr zusammen. Außer Unterhalt habe ich gar keinen Kontakt mehr zu ihm."

„Oh, das tut mir leid! Aber das wusste ich nicht!"

„Macht nichts! Ist längst Schnee von gestern."

„Du, Sonja, weswegen ich anrufe, du bist doch noch im Betrieb, oder? Kann ich was bei dir bestellen?"

„Du nein, ich mache nur noch die Buchführung im Homeoffice. Zum Bestellen musst du im Geschäft anrufen. Da bin ich völlig draußen."

„Okay, das mache ich!"

„Wie geht es dir eigentlich? Und was macht die Liebe?"

„Die Liebe hat gerade Pause, aber ansonsten geht es mir ausgezeichnet!"

„Du und Pause machen, das glaubst du ja selbst nicht! Was ist los?"

„Nichts ist los, dass ich mit Joel nicht mehr zusammen bin, hast du sicher noch mitbekommen und seitdem bin ich halt der lonesome rider. Ist auch mal ganz gut für eine Weile."

„Ganz gut für eine Weile? Das ist ja aber eine sehr lange Weile, wenn ich das richtig sehe?"

„Na ja, so ab und zu war schon mal was, aber die Richtige ist bis heute noch nicht vorbeigekommen!"

„Das kenne ich! Ich warte auch jeden Tag darauf, dass der Richtige bei mir vorbeikommt. Aber mit der Kleinen ist das ja nicht ganz so einfach."

„Das meinst du doch nicht ernst! Du bist wirklich solo wegen der Kleinen?"

„Tja, untertags ist sie die Nummer eins und nachts traut sich halt keiner zu mir, obwohl ich jede Nacht die Schlafzimmertüre zur Terrasse offenlasse und hoffe, dass ein Einbrecher bei mir einsteigt. Aber Pfeifendeckel, bisher ist noch keiner gekommen."

„Liebe Sonja, wenn du das an die große Glocke hängst, kannst du dich bald nicht mehr vor Einbrechern retten!"

Sie lacht.

„Mir würde es reichen, wenn einer käme!"

„Na, dann pass mal auf, dass heute Nacht nicht tatsächlich einer einsteigt!"

„Wie gesagt, die Terrassentüre ist jede Nacht offen."

„Ich habe das schon gehört, du Schlingel! Ciao, bis später!"

„Ciao, Bernd, ich bin gespannt!"

Sonjas Haus ist der zweite Bungalow von den fünf in der Häuserreihe. Von hinten kommt man nur über den Nachbargarten auf ihr Grundstück. Es ist 23.30 Uhr, als Bernd über den Zaun ihres Nachbarn klettert. Er hält sich an die Sträucher am Ende des Gartens, um möglichst unbemerkt an den hell erleuchteten Fenstern der Nachbarn vorbeizukommen. Vor einem großen Fernsehbildschirm sitzt ein älterer Mann in einem Sessel und eine wesentlich jüngere Frau liegt auf der Couch. Beide sind vertieft in die Mattscheibe. Der Ton ist so laut aufgedreht, dass sie trotz gekippter Terrassentüre ihn als nächtlichen Gast in ihrem Garten nicht hören, sollte Bernd möglichst lautlos ihren Garten passieren. Zwischen dem Nachbargarten und Sonjas Garten ist kein Zaun. Nur ein paar Hecken, die gerade begonnen haben zu treiben, scheinen als Abgrenzung zu dienen, da sie in der Verlängerung der etwa zwei Meter langen Sichtschutzmauer zwischen den Häusern gepflanzt sind. Auf der rechten Seite wird die Mauer von einem Zaun verlängert, hinter dem eine hohe Thuja-Hecke Sichtschutz bietet.

Sonjas Wohnung ist dunkel. Die linke Terrassentüre ist geschlossen, die rechte steht einen guten Spalt offen.

Bernd pirscht sich auf die Terrasse vor und schlupft durch die Türe. Seine Augen haben sich schnell an die veränderte Sicht gewöhnt. Im Zimmer steht links an der Wand ein großes Bett gegenüber auf der rechten Seite ein Wandschrank, der offensichtlich in der Mitte mit zwei großen Spiegeltüren versehen ist. Zwei Nachtkästchen, ein Sessel und ein kleiner Beistelltisch stehen im linken hinteren Eck gleich neben der Zimmertüre.

Das Bett ist auf der einen Seite belegt. Er geht am Wandschrank vorbei, und beuge sich über die Bettseite, hebt die Decke etwas an und schiebt die kalte Sektflasche unter die Decke.

Wie eine Tarantel schießt Sonja unter der deck hervor.

„ Uah!" ruft sie nicht gerade leise. „Bist du verrückt!"

„Kein Einbrecher kommt, wie man ihn erwartet!" lacht er, stellt die Flasche auf den Boden und drückt sie zurück auf die Matratze. Er hält ihre nackte Schulter in den Händen und spürt die dünnen Spagettiträger ihres Hemdchens.

„Hände weg!" sagt sie nun flüsternd! „Die sind ja auch eiskalt!"

„Dann musst du etwas dafür tun, dass sie warm werden!" Er befreit sich von seinen Schuhen, wirft die Jacke, die Hose und den Pullover über den Sessel und kriecht zu ihr unter die Decke. Sie hat tatsächlich nur dies eine kurze Hemdchen an, das nicht in der Lage ist, auch nur etwas von ihren erotischen Köstlichkeiten zu verdecken.

Sonja war schon immer ein Hingucker. Groß, schlank, dunkle Haare, einem sympathischen Gesicht mit großen Augen, die sich hinter ihrer Brille nie verstecken konnten. Ihren vollen Busen trug sie stets selbstbewusst vor sich her und lies auch als junges Mädchen schon gerne mal den ein oder anderen Blick darauf zu, nicht ohne die allzu anzüglichen Blicke dann entsprechend zu kommentieren. Ihm gefiel aber bei Sonja vor allem immer die schöne runde Hüfte, die zusammen mit ihrem knackigen Hintern unter ihrer schmalen Taille seine Blicke gerne auf sich zogen.

Nun liegt sie neben ihm, grinst ihn an und beginnt die Knöpfe seines Hemdes zu öffnen.

„Hände weg von mir, solange du solche Eisfinger hast!", droht sie ihm noch einmal.

Trotz dieser Warnung ergreift er eine ihrer Pobacken und zieht sie vehement an sich heran.

„Der Einbrecher fragt doch nicht nach dem Wohlbefinden der Überfallenen! Er macht sich doch gleich über die Beute her, bevor noch Alarm geschlagen wird!"

Sie hat nur die oberen Knöpfe geöffnet, zieht ihm das Hemd samt T-Shirt über den Kopf, was sich sehr umständlich anfühlt. Dann ist sie aber gleich mit ihren Lippen auf seiner Brust. Ungeduldig versucht sie ihn von seinem Slip zu befreien, was ihr nicht so wie vorgesehen gelingt, weil ihre Reize bereits dafür gesorgt haben, dass der Slip-Gummi einer etwas extremeren Dehnung ausgesetzt ist. Dann spürt er auch schon ihre Finger an seinem Schwanz, drückt sie aber zurück und mahnt zur Geduld.

„Wir haben doch die ganze Nacht Zeit, oder kommt deine Kleine nachts?"

Sie beugt ihren Oberkörper über ihn und kommt ganz nah an sein Gesicht.

„Nein, die kommt nicht, die schläft heute bei meinen Eltern drüben. Wir haben die ganze Nacht Zeit, aber ich hoffe, dass der Einbrecher nicht schlapp macht und nach dem ersten Mal gleich einschläft." Sie setzt ihre Lippen auf seinen Mund und sucht sofort mit der Zunge die Öffnung, auf die er sie nicht lange warten lässt. Sonja ist ansteckend wild und ungeduldig und wohl fest entschlossen, sich seine steife Rute umgehend einzuverleiben. Wahrscheinlich war sie in der Hoffnung auf einen früheren Besuch schon länger im Bett gelegen und hat ihrer Fantasie freien Lauf gelassen. Gut möglich, dass sie dabei auch ihre Finger nicht stillhalten konnte. Da sie sich nun auf macht, sich rittlings auf ihn zu setzen, gebietet er ihr energisch Einhalt. Er packt sie mit beiden Händen an ihrer Taille und kippt sie mit einem kräftigen Schubs neben sich. Dann drückt er sie mit seiner Hand zwischen ihren Brüsten auf die Matratze.

„Du kannst es wohl gar nicht erwarten, dein Lustnest besamt zu bekommen. Aber so läuft das heute nicht. Ich kenne dich nur immer angezogen. Alle deine Reize hast du bisher vor mir sehr gut versteckt. Nun lass mich zuerst einmal auf Entdeckungsreise gehen, bevor ich versuche, dir wenigstens ein wenig die Sinne zu rauben.“

„Ich bin wirklich spitz bis zum Anschlag!“

Dann zieh wenigstens erst einmal dein Hemdchen aus!“ Mit beiden Händen ergreift er den Saum ihres Hemdchen und zieht es ihr über den Kopf. Ihre Arme, die sie dafür nach oben streckt, drückt er gegen das Kissen und schleckt mit seiner Zunge die Innenseite ihres Oberarmes entlang bis in ihre Achselhöhle. Sie gurgelt wohlig. Er erklimmt mit seinem Mund ihren ersten Hügel und saugt sich an ihrem Nippel fest.

„Ein paar Gebrauchsspuren haben meine Möpse durch das Stillen zwar bekommen, ich denke aber verstecken brauche ich sie nicht!“

„Fishing for compliments! würde ich mal sagen. Das sind doch zwei prächtige Dinger!“ Er gibt ihre Arme frei und legt seine Hände um ihre doch sehr prallen Kugeln, die sich mit zwei sehr harten Bonbons schmücken. Mit den Fingern zwirbelt er die beiden festen Murmeln und drückt etwas fester zu, so dass Sonja augenblicklich zu stöhnen beginnt. Mit der rechten Hand fährt er mit der Entdeckungsreise fort und streichelt an ihrer Taillenseite hinunter an ihre Hüfte. Dann folgt er mit seiner Zunge, verweilt einen Augenblick in ihrem Bauchnabel, um sich langsam ihrem kurzbehaarten Schamhügel zu nähern. Begleitend lässt er die Finger seiner linken Hand über ihren Körper kriechen und versucht zwischen ihren Rücken und der Matratze unter sie zu rutschen, um eine ihrer prächtigen Pobacken in die Hand zu bekommen. Sie hilft seinem Streben ein bisschen nach, in dem sie sich mit den Bein etwas nach oben stemmt. seine Zunge ist an der Pforte ihrer Lustspalte angekommen. Er schiebt sich noch ein kleines Stück nach unten, drängt sich zwischen ihre Beine und drückt nun mit beiden Armen ihre Schenkel weit auseinander. Wie vermutet öffnen sich die Lippen ihrer Scham wie von selbst und bieten sich ihm gleich einer Anthurie dar. Auch wenn es schummrig dunkel ist, lässt sich der Lustglanz nicht verheimlichen, der sich über dieses geöffnete Blütenblatt ergießt. Genüsslich taucht er seine Zunge in diesen Nektarpool und schlürft ihn gleich einer Auster aus. Sonja ergibt unverhohlen einem lüsternen Stöhnen. Langsam nähert er sich ihrem hoch aufgerichteten Stempel, der wohl vor nicht allzu langer Zeit bereits von ihrem Finger ein paar erotisierende Stimulierungen erhalten hat. Als seine Zunge mit einem ersten kleinen Stubs anklopft, entfährt Sonja ein leiser spitzer Schrei. Ihre Hüfte hebt sich augenblicklich und drückt ihm mit aller Macht ihre sprudelnde Lusthöhle entgegen. Ohne zu zögern, ergreift Bernd mit den Lippen ihre Klit, spielt mit der Zunge daran und versucht dabei mit den Händen ihre Hüften im Zaum zu halten, die sich in ein wildes Auf und Ab und Hin und Her verwandelt haben. Ihr Stöhnen, ihr Keuchen, ihre ungezügelten Anfeuerungen und immer wieder ihre leisen spitzen Schreie lassen ihn nicht innehalten, sie dahin zu treiben, wo er sie hinhaben möchte und sie sich wünscht, hinzukommen. Jeden Fluchtversuch, der überschwappenden Welle des Orgasmus zu entkommen, unterbindet er mit festem Griff. Es ist ein leichter Biss, der ihr endgültig die Sinne raubt. Wie eine Bombe explodiert ihr Körper. Ihr Schrei durchdringt das Zimmer und entflieht durch die offene Terrassentüre hinaus in die Nacht. Bernd hat Mühe seinen Kopf zurückzuziehen, bevor mit weitgespreizten Beinen ihre prächtig sprudelnde Liebesgrotte in die Höhe katapultiert, um augenblicklich wieder auf das Bett zurückzufallen. Blitzartig ist ihre Hand zwischen ihren Beinen. Ein Finger glitscht in ihre Spalte und presst mit aller Macht ihren Luststempel gegen das glänzende Liebes-Kar. Sie wirft ihren Kopf immer wieder von rechts nach links und ihr „Jah, jah, jah" scheint nicht enden zu wollen. Genüsslich und voller Geilheit sieht Bernd ihr dabei zu, wie sie ihren orgastischen Höllenritt mit der sanften

Fingermassage in ihrer Spalte in die Länge zieht. Geübt und wohl wissend, wo ihr das Tremolo ihres flinken Fingers am Wohlsten tut, ergibt sie sich Welle um Welle ihrer Lüsternheit. Der Anblick dieser prallen sich befriedigenden Weiblichkeit mit den properen Brüsten, der schmalen Taille, den schlanken weitgespreizten Beinen zwischen denen sich ihre Finger im glitschenden Nektar vergnügen, lässt seine männliche Reaktion nicht außen vor. Bis zum Anschlag gespannt erhebt sich sein Lustspeer auf seinem Schoß, ohne dass er ihn überhaupt berühren muss. Bernd genießt und wartet. Wartet, bis ihr Finger von ihrer Blüte ablässt, ihr Luftschnappen sich wieder in ein taktvolles Stöhnen wandelt und ihre Arme rechts und links neben ihren nackten Hüften auf die Matratze niedersinken. Langsam legt er sich auf den ihm dargebotenen Körper. Ohne jede Hilfe findet seine Eichel ihre weit geöffnete triefende Pforte und beginnt mit der widerstandslosen Eroberung ihrer Höhle. Langsam tastet er sich vor bis zum Anschlag. Ein langgezogenes befriedigendes „Uaahh!" lässt ihn wissen, wie bereit Sonja ist, sich einer erneuten Welle der Lust hinzugeben. Behutsam, ein vorschnelles Ende vermeidend, zieht Bernd seinen prallen Ständer zurück, um sich umgehend wieder tief in sie hinein zu bohren. Ihre flehenden Urlaute verlieren jede nachzuvollziehende Artikulation. Gurgelnd, japsend und jammernd presst sie ihren Unterleib immer wieder gegen seine Lenden, sobald er nur den Versuch andeutet, sich aus ihr zurückzuziehen. Er stützt sich auf seine Arme, versucht sie an einer Schulter fest in die Matratze zu drücken und gibt anschließend jede Hemmung auf. Wie die glühende Lava eines Vulkans kündigt sich bei ihm die Eruption eines mächtigen Orgasmus an. Er jagt seinen Speer mit aller Wucht in die ihm dargebotene Tiefe zwischen ihren Schenkeln und lässt sich von ihren lauten zügellosen Anfeuerungsmelodien zu einem überwältigenden Kontrollverlust treiben. Nicht der kleinste Fetzen in seinem Körper scheint ihm mehr zu gehorchen, als eine orgastische Flut ihm alle Sinne raubt und ihn in eine nicht beherrschbare Verkrampfung jagt. Eine ozeanische Flut schwappt Welle um Welle durch seinen Körper und entlädt Schuss für Schuss seinen Liebessaft in ihre aufnahmebereite Höhle. Erst als er entkräftet auf ihr niedersinkt, merkt er, dass sich auch ihr Körper dem Meeressturm ergeben hat. Ihr Bauch, ihr Busen, ihr Röcheln sind den Wellen unterworfen, die sich wohl auch in ihr breitgemacht haben.

Schwer atmend bleibt er auf ihr liegen. Beide lauschen in das Nachbeben ihrer Körper, ergeben sich der erlebten wohligen Befriedigung und erarbeiten sich behutsam wieder die Macht über alle ihre Sinne. Es dauert, bis sein Schwanz seine Spannkraft verliert und sich unendlich langsam aus ihrer Liebeshöhle zurückzieht. „Uhups!", sagt sie, als er endgültig ihrer Spalte entgleitet und lacht.

Bernd rollt sich auf die Seite und genießt das prächtige Bild ihrer wehrlosen Nacktheit neben sich.

„Den Grund zur Klage, dass kein Einbrecher dich nachts überfällt, hast du wohl nun nicht mehr!" Er grinst, als er ihr in die Augen sieht. Sie hebt den Kopf, küsst ihn und flüstert:

„Aber der Einbrecher war ein sehr rücksichtvoller. Eigentlich hatte ich schon gedacht, dass da einer kommt, der nicht lange fackelt und sich mit Vehemenz nimmt, was er haben will."

„Oh, du stellst also auch noch Ansprüche an einen Überfall?"

„Wenn du es so sehen willst? Ja, doch. Obwohl ich sagen muss, enden darf der Überfall genauso wie gerade eben."

Sie stützt sich auf einem Arm nach oben und zieht ihn zu ihr runter. Er küsst sie, legt seine Hand auf ihre rechte Brüste und massiert ihre immer noch steinharte Brustwarze.

„Jjjaah!", sagt sie, „wenn der Einbrecher nicht aufhören würde heute Nacht, wäre ich durchaus auch mit so einem Überfall zufrieden!"

„Du machst es dem Einbrecher ja nicht gerade einfach. Zuerst muss man durch feindliches Territorium an den beleuchteten Fenstern von fremden Leuten vorbei und dann sollte man auch noch laut Alarm machen, wenn man in deine Hütte eindringt."

„Also fremdes Territorium ist das nicht, was du da überqueren musstest. Das ist der Garten meiner Eltern!"

„Wirklich? Habe ich da nicht einen älteren Herren und eine junge Frau vor dem Fernseher gesehen?"

„Kann schon sein, meine Mutter ist schließlich 23 Jahre jünger als mein Vater!"

„Ach so! Und heute war wohl ihr Fernsehabend!"

„Viel mehr ist schon lange nicht mehr zwischen den beiden. Sie sind wirklich nur wegen der Firma noch zusammen."

„Wirklich?"

„Klar, mein Vater ist ständig unterwegs, macht irgendwelche Spekulationsgeschäfte. Hat wohl auf seinen Reisen seine amourösen Abenteuer und meine Mutter lebt hier seit einiger Zeit eher asketisch. Vor einiger Zeit hatte sie mal eine Affäre, aber die schien ihr dann etwas zu besitzergreifend. Da hat sie -ich glaube eher halbherzig- Schluss gemacht."

„Und jetzt verzichtet sie lieber auf Sex, ähnlich wie du die ganze Zeit?"

„Sie macht es sich lieber selber sagt sie, dass ist entspannter und macht keine Probleme!"

Bernd lacht. „Du weißt aber gut Bescheid über das Sexleben deiner Mutter!"

„Klar, wir tauschen uns darüber schon aus. Willst du wissen, wie viele Dildos sie besitzt und welcher, wofür herhalten muss?"

„Nein, nein, ist schon gut. Auch wenn ich durchaus empfänglich bin für geile Geschichten, heute Nacht sollen es lieber deine Titten und dein Hintern sein, die mich wieder zum Leben erwecken."

Sie wälzt sich über ihn, schiebt sich etwas nach oben und lässt ihre reifen Busenäpfel über seinem Gesicht baumeln.

„Wie viel Schlaf brauchst du denn, um morgen nicht allen vorzuweinen, dass bei dir heute Nacht eingebrochen wurde und dich der Räuber nicht schlafen hat lassen?"

Er greift nach den beiden schwingenden Glocken und saugt sich an einer der steifen Nippel fest.

„Vielleicht haucht die Einbrecherwaffe mir ja so viel Leben ein, dass ich gar keinen Schlaf mehr brauche!"

Sie setzt sich auf und greift mit der Hand hinter sich, um nach seinen sich erneut regenden Schwanz zu greifen. Es dauert auch nicht allzu lange, bis sie ihn wieder in eine widerstandsfähige Stellung gebracht hat und sich mit einem genüsslichen „Jaaah!" auf ihn niederlässt. Unendlich langsam beginnt sie sich zu erheben, um ihn dann wieder ganz in sich verschwinden zu lassen. Nun gibt sie, eine Meisterin in Präsentation erotischer Weiblichkeit, den Ton an. Ihre Arme hinter ihrem Kopf verschränkt, im Hohlkreuz ihre beiden Brüste taktvoll in Bewegung haltend, hebt und senkt sie -zunächst sehr behutsam- ihr pulsierendes Etui an seiner erstarkten Männlichkeit entlang. Genüsslich steigert sie den wogenden Takt. Ihr rechter Arm bewegt sich langsam von oben herab zwischen ihre Schenkel. Ihr Zeigefinger sucht zielsicher nach ihrem Luststempel und begleitet ihren erneuten Trip in selige Höhen der Erregung. Gekonnt hält sie seine Erregung im Schwebezustand, um ihren lustvollen Höhenflug in die Länge zu ziehen. Die Nacht versinkt in erotischer Ekstase.

Die Dunkelheit hat sich längst der Dämmerung des Tages ergeben, als Bernd sich über die Gärten wieder auf den Weg nachhause macht.

Eine Hand legt sich von hinten auf seine Schulter, als Bernd gerade dabei ist, bei Holz Huber die Lärchenbretter auf seinen PKW-Anhänger zu verladen.

„Na, du nächtlicher Wohnungseinsteiger bist du auch tagsüber unterwegs?" Sonja lacht ihn an und gibt ihm einen Kuss auf die Wange als er sich zu ihr umdreht.

„Ich war gerade im Büro, die Lohnabrechnungen abliefern. Da sehe ich dich hier schuften!"

„Tja von meinen nächtlichen Aktivitäten kann ich nicht leben. Da muss ich schon am Tag zusehen, dass ich zu etwas komme!"

„Heißt das, dass heute Nacht wieder kein böser Mann kommt und das unartige Mädchen streng behandelt? Dann kann ich ja meine Terrassentüre zulassen, heute Nacht!" Sonja zieht eine Schmollschnute, als sei sie ein bockiges kleines Mädchen.

„Kein böser Mann kann unartige Mädchen tadeln, wenn die Türen zu sind. So ist das halt!" Bernd lacht.

„Na dann bin ich mal gespannt, was der böse Mann alles so draufhat, wenn er denn kommt!"

Wieder gibt sie ihm einen angedeuteten Kuss auf die Wange, dreht sich um und verlässt die Halle.

Bernd sieht ihr nach. Sie ist eine unglaublich gutaussehende Frau. Das sieht wohl nicht nur er alleine so, denn die Blicke der beiden Mitarbeiter gelten ebenso wie der Blick des anderen Kunden in der Halle unverkennbar Sonjas knackigen Hintern, den sie mit ihrer knallengen Jeans wohl auch nicht verstecken wollte.

Die Nacht ist lau. Die erste Frühlingswärme hat sich über den Tag gerettet. Die Lichter in der Wohnung von Sonjas Eltern sind aus, als Bernd, ohne sich Mühe zu geben, geschützt zu sein, über den Rasen läuft. Wie erwartet ist die Terrassentüre von Sonjas Schlafzimmer offen. Er schlüpft durch die Türe, tritt an ihre

Bettseite. Wie ein verängstigter Hase hat Sonja die Bettdecke bis zur Nasenspitze hochgezogen. Bernd greift nach der Decke und schlägt sie mit einem kräftigen Zug nach hinten. Sonja schreit leicht auf. Und für einen Bruchteil einer Sekunde genießt er die halbnackte Frau, die nur mit einem hauchdünnen Hemdchen bekleidet vor ihm liegt. Er fasst ihren Arm, zerrt sie hoch und zieht sie hinter sich her in den Garten. Sie folgt willig. Er durchquert den ganzen Garten bis zur hinteren Hecke, dreht sich dann zu ihr um und schließt sie mit dem Rücken zu ihm gedreht fest in seine Arme. Seine Hände finden sofort ihre Position auf Sonjas Prachtbrüsten. Die harten Nippel sind sicher nicht nur der Frühlingsfrische geschuldet, der sie so plötzlich nach der wohligen Bettwärme ausgesetzt sind.

„Es ist dunkel bei deinen Eltern. Sind sie nicht zuhause?"

„Doch sie sind zuhause, aber haben sich es wohl auch schon im Bett bequem gemacht. Vielleicht warten sie ja auch auf nächtliche Einbrecher!"

„Na, dein Vater wird den ja ganz sicher hochkant rausschmeißen?"

„Weiß man`s? Wenn die Einbrecherin jung, weiblich und attraktiv ist, lässt er sich ganz sicher jede Nacht wieder überfallen."

„Das heißt aber, du musst ganz leise sein, wenn dein Einbrecher heute zudringlich wird!"

„Musst mir halt den Mund zuhalten, wenn ich zu laut werde."

„Kannst du denn nicht mal den blöden Stoff zwischen meinen Händen und deinen Titten verschwinden lassen?"

„Mach das doch selber! Brauchst dich nicht zurückhalten, ich habe dutzende von diesen Fetzen im Schrank liegen!"

Bernd dreht sie in seinen Armen um, schiebt sie ein Stück von sich weg und reißt ihr mit einem kräftigen Zug das Hemdchen von der Brust. Sie schüttelt es über den linken Arm auf den feuchten Rasen und steht dann splitternackt vor ihm und grinst. Barfuß im feuchten Gras reckt sie ihre Arme nach oben, verschränkt sie hinter dem Kopf und beugt sich leicht nach hinten ins Hohlkreuz und bietet ihm ihre festen Brüste wie reife Früchte auf einem Wochenmarkt an. Wie Eyecatcher bemühen sich ihre Nippel zu positionieren. Nach einigen Sekunden lenkt sie mit einem leichten Seitenschritt seinen Blick ab, hin zu dem sorgsam gepflegten Haardreieck, das seine Aufmerksamkeit auf ihre wohl erwartungsfrohe Spalte lenken soll.

„Und, wird das jetzt Outdoor-Sex?" Sie stachelt ihn provozierend an.

„Warum nicht!" Er zieht sie in die noch wenig beblätterte Gartenhecke. Und lässt die Äste hinter ihm ungebremst auf ihren nackten Körper schnalzen.

„Auauaua!" gibt sie flüsternd jammernde Laute von sich. „Das ist ja wie auspeitschen!"

„Den Vorwurf lasse ich mir nicht machen, dass ich eine Frau ausgepeitscht habe." Lachend zieht er sie an sich und greift ihr zielsicher zwischen die Beine. Seine Finger erfahren kaum Widerstand, als er in ihren Nektartopf eintaucht.

„Jedenfalls scheinst du dich trotz ‚Peitschenhiebe' sehr wohl zu fühlen als Eva in deinem Garten."

„Ich kann nicht klagen! Und die Vorstellung, dass das erst das Vorspiel ist, werden dir deine Finger wohl noch um einiges nasser werden lassen!" Er drückt sie fester an sich, ergreift dann mit beiden Händen ihre festen Pobacken und küsst sie. Lüstern erobern ihre Lippen sofort die seinen. Im selben Moment begehrt ihre Zunge Einlass und drängt sich zwischen seine Zähne. Ihre Ungeduld und ihre geile Gier kann sie nun nicht mehr verbergen. Trotzdem schiebt er sie ein kleines Stück von sich weg, dreht sie mit dem Rücken zu sich und lenkt ihren Blick auf die dunklen Scheiben der Wohnung ihrer Eltern.

„Wollen wir uns wirklich so positionieren, dass deine Eltern möglicherweise von dort drüben aus mitbekommen, wie ein Einbrecher sich an den Früchten ihrer Tochter bedient?"

Sonja kichert! „Mama würde sich genießend freuen und mein Vater würde sich wahrscheinlich zuerst einen runterholen, bevor er eingreifen würde!" Noch einmal gluckst sie kichernd. „Muss nicht sein, oder?"

„Genau!" Bernd fasst sie kräftig am Arm und zieht sie direkt neben der hohen Thuja-Hecke laufend bis auf die von den zwei Mauerwänden geschützte Terrasse. Er drückt sie gegen die weiße Mauer. Sie stöhnt, als er ihre Brüste gegen den rauen, kalten Verputz drückt. Ihr Körper hebt sich kontrastreich von der weißen Mauer ab.

„Spreiz die Beine und streck die Arme über deinen Kopf!" Sie gehorcht ihm augenblicklich. „Die Hände an die Mauer!" Auch dieser Aufforderung kommt sie nach. „Warte, bleib so!"

Bernd schlüpft aus den Schuhen, zieht seine Hose aus und entledigt sich auch seiner Boxer-Short. Es bedarf keiner Hilfe, seiner aufgepeitschten Lustantenne ihr Ziel zu weisen. Hoch aufgerichtet muss er seine Latte sogar etwas nach unten drücken, um von hinten in Sonjas sprudelnde Klamm einfahren zu können. Ihr gurgelndes Stöhnen signalisiert ihm unüberhörbar, dass sie der Unbequemlichkeit dieser Stellung durchaus Lust abgewinnen kann. Er durchpflügt ein paarmal ihr rutschiges Tal, bevor sich seine Eichel in den

Eingang ihrer Lusthöhle bohrt und sie damit etwas in die Höhe drückt. Ihre Nippel müssen sich dabei fast schmerzhaft über den Rauputz noch oben schieben. Sie jault lüstern auf. „Gib `s mir!", raunt sie.

Er drückt ihr seinen Spieß bis zum Anschlag in ihre Grotte, fasst sie an ihren properen Hüften, zieht sie etwas von der Wand weg, um ihr nicht allzu große Reibungsschmerzen zu bereiten und beginnt sie auf seinem Schwanz tanzen zu lassen. Mit jedem Stoß, mit dem er sich tief in sie versenkt, erhebt sie sich bereitwillig auf die Zehenspitzen. Ihre Finger krallen sich regelrecht ins Mauerwerk und ihr geiles Gejammer nimmt langsam eine Lautstärke an, die den Nachbarn selbst tagsüber nicht zuzumuten wäre. Da sie mit ihrem Hintern seinen Stößen bereitwillig folgt, greift er mit einer Hand in ihr Gesicht und drückt sie fest gegen ihren Mund. In seiner Handfläche genießt er die vibrierende Geilheit ihres Luststöhnens. Die Intervalle ihres gemeinsamen Rhythmus werden immer kürzer, das Stöhnen hinter seiner Hand immer vibrierender. Und die Zurückhaltung seiner Explosion immer unwahrscheinlicher. Zweimal hebt er sie noch kräftig der Mauer entlang nach oben, dann platzt es aus ihm heraus. Ungehemmt lässt er seinen Lustspeer alles in ihr ausspucken.

Ihr Biss in seinen Mittelfinger signalisiert ihm, dass auch sie kurz davorsteht, sich einer

überschäumenden Orgasmusflut hinzugeben. Er zieht sie mit ein paar Schritten von der Mauer weg und setzt sich auf die kalte Gartenbank. Ungebremst lässt sie sich auf seinen Schoß fallen und spießt sich damit selbst bis zum Anschlag auf seinen zuckenden Lustkolben. Sobald sie sich nach oben bewegen will, stößt er von einer Lustwelle nach der anderen gebeutelt nach und zieht sie wieder auf seine Oberschenkel zurück. Scheinbar ist er zu früh gekommen. Sein sie ausfüllender Schwanz reicht ihr wohl nicht. Bernd spürt, wie sie ihre Finger wie eine Wilde über ihren Stempel jagt und dabei auch immer wieder seinem Schaft angenehme Streicheleinheiten zukommen lässt. Es dauert, bis sie ihren Zenit erreicht hat und sich zuckend auf ihm nach hinten fallen lässt. Sie schlägt ihre Schenkel einige Male fest zusammen. Ihre Hand, die gerade noch auf ihrer Perle getanzt hat, presst sie jetzt fest auf ihren Mund, um ihre Hemmungslosigkeit nicht ungedämmt in die Nacht zu entlassen. Es vergehen einige Minuten, bis die Wellengänge ihrer Brüste sich wieder beruhigt haben und ihr stürmischer Atem sich einigermaßen gelegt hat.
„Ich glaube, der Hitzewelle folgt bald Gänsehaut hier draußen!" Sonja dreht ihr Gesicht zu seinem, küsst ihn, erhebt sich und entlässt damit seinen erschlaffenden Schwanz aus ihrem heißen Etui. Sie schlüpfen zuerst durch die Terrassentüre und dann unter die

noch etwas angewärmte Bettdecke. Sofort sind Sonjas Hände wieder auf seiner Brust. Ihr Schenkel schiebt sich zwischen seine Beine und mit den Lippen spielt sie an seinem Ohr.

„So ein Einbrecher gefällt mir schon viel besser!" Sie beißt leicht in sein Ohrläppchen. „Ich hoffe, er gibt sich nicht mit seinem ersten Beutezug zufrieden!"

„Sei unbesorgt, dein Einbrecher gehört zu den Perlentauchern und begnügt sich nicht mit Einzelstücken!" Er drückt sie ein Stückchen nach oben und hascht mit seinen Lippen nach einer der beiden harten Murmeln auf ihrer Brust.

„So lange meine Standfestigkeit noch zu wünschen übriglässt, musst du dich mit meinen Fingern und meiner Zunge zufriedengeben!" Bernd schiebt Sonja von sich runter, rollt sie mit seinem ganzen Körper auf den Rücken und beginnt mit seiner Zunge eine Reise über ihre dargebotenen Reize. In dieser Nacht bleibt es nicht nur bei Zärtlichkeiten. Als er in den Morgenstunden aufbrechen will, muss er in die klamm kalte Unterwäsche steigen, die draußen auf dem Terrassenstuhl die Nacht verbracht hatte.

Es ist eine ungeschickte Unachtsamkeit auf dem Gerüst, die Bernd beim Verkleiden seiner westlichen Hauswand eine fünfwöchige Krankschreibung beschert. Ein falscher Schritt, ein ungeplanter Sprung und die Bänder seines rechten Fußes haben sich verbschiedet. Fünf Wochen, in denen Fortbewegung für ihn nur auf Krücken möglich sind, bindet ihn ans Haus und sein Auto an die Garage.

Bernd weiß, dass Sonja in diesen Tagen Geburtstag feiert und macht sich bewaffnet mit einem Strauß Rosen in der letzten Samstagnacht im Mai wieder auf den Weg zu einem weiteren Überraschungseinbruch. Noch hat er Sonjas Garten nicht erreicht, als ihm Musik in den Ohren klingt. Während der Garten und das Haus ihrer Eltern im Dunkeln liegen, fällt in Sonjas Garten ein Lichtband. Er durchquert den Garten und sucht hinter der Mauer auf der elterlichen Terrasse in der Dunkelheit Schutz. Das helle Lichtband und die Musikquelle, die nicht allzu laut ist, entspringen Sonjas Wohnzimmer. Ein Blick um die Mauer zeigt ihm viele Gäste im hell erleuchteten Wohnzimmer. Sonja sitzt auf dem Schoß eines jungen Mannes und sieht einigen ihrer Besucher beim Tanzen zu. Der junge Mann küsst sie. Bernd überquert den Lichtstreifen mit zwei ausholenden Schritten und läuft im Schatten der gegenüberliegenden Mauer zur Terrassentüre. Sie steht leicht geöffnet. Er legt den Strauß Rosen in die Türe und begibt sich sofort wieder zurück in den Schutz hinter die Mauer auf die Terrasse ihrer Eltern. In der verdunkelten Türe des Wohnzimmers ihrer

Eltern steht Sonjas Mutter. Der weiß glänzende Schlafanzug hebt sich deutlich vor der im Dunkeln liegenden Wohnung ab.

„Sie hat Gäste heute, da kommt der nächtliche Einbrecher eher ungelegen!" Sonjas Mutter lacht etwas verschmitzt.

„Guten Abend," sagt er in seinem ersten Schreck. „Ich hatte nicht damit gerechnet, dass jemand zuhause ist bei Ihnen!"

„Da haben Sie sich wohl getäuscht. Mein Mann ist zwar unterwegs, aber deswegen ist die Wohnung nicht verweist und ich habe einen leichten Schlaf und bemerke die nächtlichen Einbrecher bei meiner Tochter schon manchmal." Wieder schiebt sie einen kurzen Lacher ihren Worten hinterher.

„Oh, das heißt, sie geben sehr acht auf ihre Tochter?" Ihm dämmert, dass ihre Mutter vielleicht mehr mitbekommen hat von seinen nächtlichen Besuchen, als Sonja und ihm vielleicht lieb ist.

„Achtgeben muss ich auf Sonja wohl nicht mehr, aber ein bisschen Vergnügen hatte ich schon an dem nächtlichen Besuch vor ein paar Wochen."

„So? Soll das heißen, sie waren Zeuge meines nächtlichen Gartenbesuches?" Scheinbar hat Bernd nichts mehr zu verlieren, deshalb konfrontiert er sie mit seiner Vermutung.

„Oh ja, aber was heißt hier Zeuge, ich hatte mein Vergnügen, zu sehen, wie Sie meiner Tochter die Sinne geraubt haben. Gerne wäre ich an ihrer Stelle gewesen und ich hätte auch nichts dagegen, wenn ich nach Ihrem Misserfolg heute Nacht ihre Stelle für Ihr Vorhaben einnehmen dürfte!" Sie tritt nahe an ihm heran, so dass er einen freien Blick auf ihre nackte Brüste hat, da sie das Oberteil ihres Schlafanzuges während ihres kurzen Dialoges langsam aufgeknöpft hatte.

„Ich weiß nicht, ob Ihre Idee so gut ist. Ich denke, das würde Sonja eher verletzen, wenn ich ihre Mutter als Auswechselspielerin einsetzen würde?" Nun lacht Bernd etwas steif.

„Kommen Sie mit ins Warme und lassen uns wenigstens ein Glas Wein miteinander trinken." Sie dreht sich um und schiebt die Türe zum Wohnzimmer auf und tritt auf den Schalter der Stehlampe.

„Zu einem Glas Wein sage ich nicht nein, wenn wir es dabei belassen." Er folgt ihr ins Wohnzimmer. Sie dreht sich um, reicht ihm die Hand, ohne ihre nun im Licht präsentierten imposanten Brüste zu bedecken.

„Wollen wir uns nicht duzen, ich bin die Rosi."

Er legt seine Hand in ihre. „Bernd, ich heiße Bernd!"

Sie lächelt. „Ich weiß, Sonja hat mir von dir erzählt. Setz dich! Einen Moment, ich bin gleich wieder da!"

Als sie wieder zurückkommt, hat sie zwei Weingläser und eine angebrochene Flasche Chardonnay in der Hand und gießt ihnen ein. Wieder unternimmt sie keine Anstalten, ihren Schlafanzug zuzuknöpfen. Offenbar erregt es sie, ihm, dem Angezogenen und wesentlich Jüngeren, ihren üppigen Busen darzubieten. Jedenfalls lassen die prallen hellbraunen Brustwarzen keinen anderen Schluss zu.

„Du wirst, wenn du weiterhin deine nächtlichen Einbruchstouren machen willst, vielleicht doch eher mit mir vorliebnehmen müssen, lieber Bernd!" Sie hebt das Glas, prostet ihm zu und lacht ziemlich verschmitzt.

Wie soll ich das verstehen?" Fragend sieht er sie an.

„Sonja ist seit drei Wochen liiert. Und ich denke, es ist ziemlich ernst. Hat sie es dir noch nicht geschrieben?"

„Nein, das hat sie mir nicht geschrieben. Vielleicht wollte sie das noch machen, denn ich habe ihr mitgeteilt, dass ich wegen eines Unfalls auf die nächtlichen Besuche in der nächsten Zeit verzichten muss. Aber das freut mich sehr, dass sie sich offensichtlich verliebt hat."

„Bist du nicht traurig darüber? Es hätte doch auch mit euch beiden etwas werden können, oder etwa nicht?"

Bernd lacht. „Nein, das glaube ich nicht. Wir waren uns einig, dass wir schönen Sex miteinander haben, aber an ein gemeinsames Leben haben wir nicht gedacht. Darüber waren wir uns schon im Klaren."

Rosi sieht ihn lächelnd an. „Das ist doch auch eine schöne Einstellung. So etwas würde ich mir auch wünschen. Ich habe zwar eine kleine Affaire, weil mein Mann und ich seit Jahren kaum mehr Sex haben, aber das ist anstrengend, weil ich mich von meinem Mann ganz sicher nicht trennen werde und Harry unbedingt mit mir zusammenleben will."

„Weiß dein Mann von Harry?" Bernd ist neugierig.

„Wissen? Er ahnt es sicher, aber wir reden nicht darüber. Weder über meine noch über seine amourösen Beziehungen." Sie zuckt mit den Schultern.

„Hat er den auch eine Affaire?"

Sie lacht laut auf. „Eine? O Gott! Nein, er hat an jedem Finger eine und ich bin mir ganz sicher, dass er auch im Moment nicht alleine in seinem Hotelzimmer in Italien liegt."

„Aber du bist doch eine attraktive Frau mit der man doch richtig Spaß haben könnte? Bist du nicht um einiges jünger als er?"

„Ja, das schon, aber halt nicht so jung, wie er es liebt! Sein Beuteschema liegt unter fünfzig Jahren, weit unter fünfzig. Und daran hält er sich!"

„Und die Mädchen fliegen auf ihn?"

„Wenn nicht auf ihn, dann auf sein Geld. Davon hat er genug!"

„Und warum bleibst du dann bei ihm?"

„Natürlich inzwischen aus genau demselben Grund. Ich bin völlig unabhängig mit ihm. Solange er mich in Ruhe lässt, ist das Zusammenleben gut auszuhalten. Und er ist so viel unterwegs, dass ich mir meinen Sexbedarf auch ohne Probleme erfüllen kann."

„Und das machst du ja auch ganz schön offenherzig!" Bernd grinst und sieht ihr ganz bewusst auf die ihm dargebotenen Brüste.

„Na ja, dich kenne ich ja zumindest von hinten genauso nackt und ja, es macht mich schon ziemlich scharf, wenn mich jemand ansieht, wenn ich nackt bin."

„Ja, das scheint mir so zu sein, deine exhibitionistische Ader ist nicht zu übersehen."

„Wir können uns ja darauf einigen, ich gebe dir Bescheid, wenn mein Mann nicht da ist und Harry mich besucht, dann lass ich das Licht brennen und du siehst uns vom Garten aus zu. Allein die Vorstellung macht mich ziemlich geil."

„Darauf könnte ich mich einlassen, Pornofilm live! Das hat was. Lass mich gerne wissen, wenn es soweit ist. Aber jetzt mach ich mich auf den Weg." Rosi kommt auf ihn zu, als er sich vom Sessel erhebt. Sie umarmt ihn, drückt ihren nackten Busen an seine schüchtern abwehrende Hand und küsst ihn auf die Wangen.

„Ein bisschen schade ist es schon. Es hätte mir schon gefallen mit dir."

Er tritt auf die Terrasse. Sie schließt die Türe und löscht das Licht. Bevor er sich auf den Heimweg macht, sieht er im Dunkel des Wohnzimmers, wie Rosi sich ihres Hausanzuges ganz entledigt, sich nackt nahe der Terassentür auf den Sessel setzt, langsam ihre Schenkel spreizt und bedächtig mit der einen Hand damit beginnt, ihre Spalte zu massieren und mit der anderen Hand einen ihrer harten Nippel in ihren Fingern zu zwirbeln. Mit diesen Erinnerungen an schöne nächtliche Begegnungen in den Gärten bei Sonja verlässt Bernd die Tatorte seiner Einbrüche.

Ein peinliches Missgeschick führt den Unternehmensberater Tom Starke und die attraktive Bea Mittermeier zusammen. Die beiden tauchen sehr rasch in ein ungewöhnlich intimes Verhältnis ein, das zunächst sehr einseitig von Beas Lust an frivolem Spiel geprägt ist. Von Tom angestachelt lassen sich die beiden auf immer riskantere erotische Abenteuer ein und stoßen dabei auf das perfide Machtspiel eines Lokalpolitikers. Jo, Toms Frau, zeigt sich an den amourösen Spielen ihres Gatten sehr interessiert und ergreift die Chance, mit der attraktiven Bea auch selbst in eine neue erotische Welt einzutauchen.?

Mit einem prall gefüllten Sack voller erotischer Gaben spitzt Santa Claus I.Q. Odenthal in die Weihnachtszimmer von Erwachsenen. Da trifft er die Psychologiestudentin in ihrem Badezimmer, begleitet zwei Sängerinnen in ein Hotelzimmer, erfreut sich am weihnachtlichen Treiben seiner Nachbarn durch die hell erleuchtete Balkontüre und nimmt den Leser mit in ein Wohnmobil hinter der Weihnachtsmarktbude. Die abgegebenen Wunschzettel sind gespickt mit phantasievollen Begehrlichkeiten.

Neun Geschichten mit lebendiger Erotik machen die Dezembertage zu einem unvergessenen Liebesfest.